나를 보는 너에게

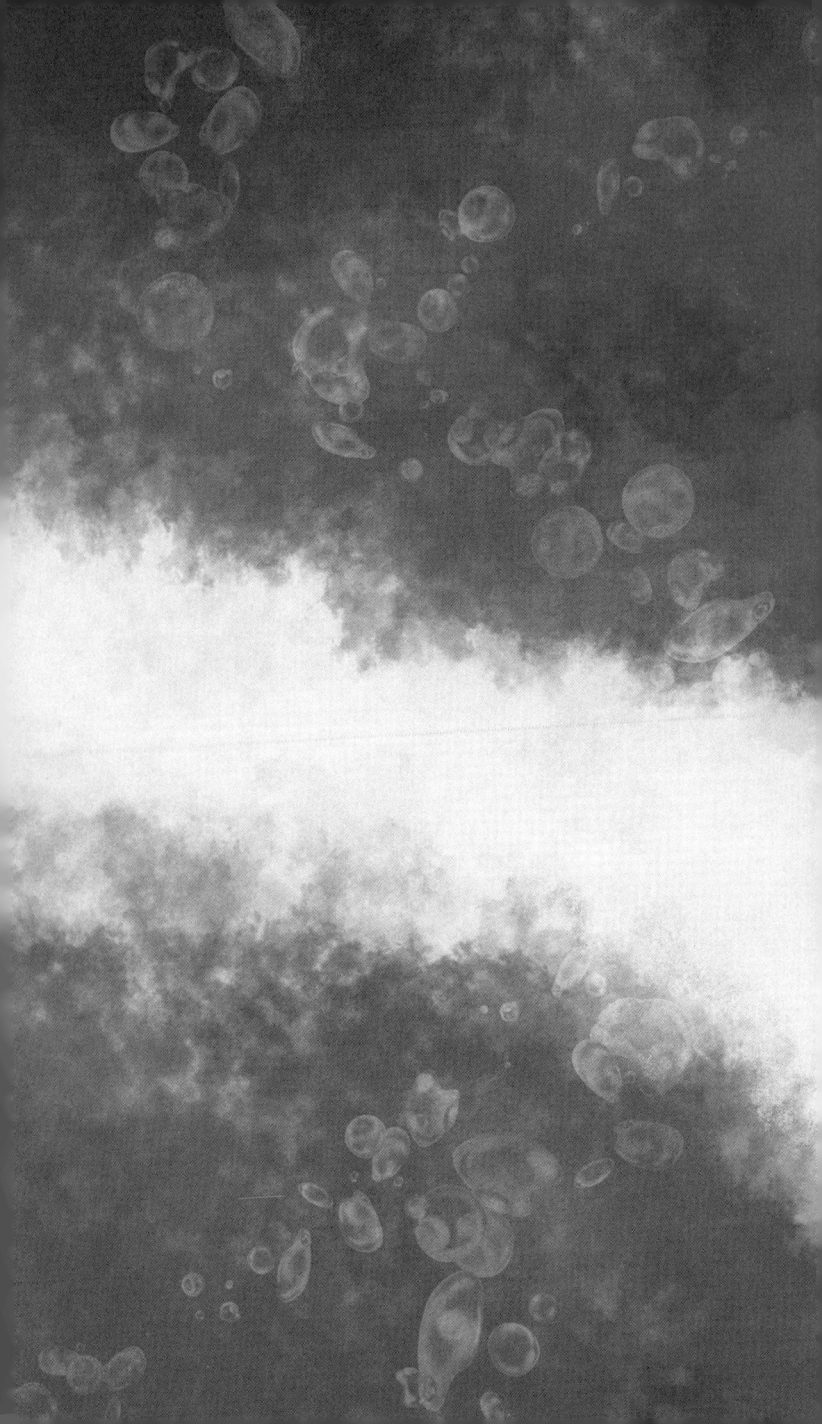

나를 보는 너에게

이우연 장편소설

목차

프롤로그 6

1장 너를 보는 나 7

2장 악몽 111

3장 나를 보는 너 148

4장 다시, 악몽 185

작가의 말 226

프롤로그

모든 것이 꿈만 같았다. 너를 만난 순간부터. 아니, 어쩌면 그 전부터.

옥상 난간 위에 서 있는 뒷모습은 당장이라도 사라질 것처럼 위태로워 보였다. 나는 천천히 그 애를 향해 다가갔다. 그 애의 등 뒤에 도달한 순간, 등 위에 양손을 가져다 대는 순간 모든 것이 확실해졌다. 등에 얹어 놓은 손이 어디를 향할지, 그 위에 서린 마음이 무엇을 향해 쏟아져 내릴지.

손에 힘을 실어 가녀린 등을 밀어냈다. 그러자 세계가 박동하기 시작했다. 기이하게 뒤틀린 적막 속에서, 비명조차 없이.

1장

너를 보는 나

그 순간, 우리는 서로를 보았다.

그때부터 시작되었다.

눈동자들이 깊고 아득한 기억을 들여다보듯 마주하는 순간부터. 아니, 어쩌면 그보다 한참 전부터. 우리가 기억하지 못하는, 그러나 우리에게 속해 있는 낯선 미래에서부터.

*

네가 교실에 들어오지 않던 날, 한참을 기다려도 빈자리가 채워지지 않고, 교단 앞에 선 담임이 교통사고라는 익숙하고도 낯선 단어를 내뱉던 날, 반 아이들이 한 명도 빠짐없이 나를 돌아보며 알 수 없는 시선을 보내던 날, 나는 네가 언제 올지를 생각했다.

단지 그 생각만을 했다.

너는 오지 않았다. 이런 날도 있지, 하고 생각하는데 뺨에서 미지근한 물기가 느껴졌다. 우는 것만은 안 된다고, 울면 모든 일이 사실이 되어버릴지도 모른다고 생각하면서도. 뺨을 닦아내고 닦아내다가, 나중에는 거의 뺨을 때리듯이 훔쳐내는데도 눈물은 멎지 않았다.

너는 교통사고를 당했다고 했다. 너의 집으로 향하는 계단 바로 위 횡단보도에서, 불쑥 튀어나온 너를 미처 발견하지 못했던 트럭이 너를 쳤다. 어떤 이유에서인지 트럭은 너를 치고 나서 브레이크 대신 액셀을 밟았다. 갑작스럽게 맞닥뜨린 공포 때문에 도망치고 싶다는 마음밖에 없었던 것인지, 한 사람의 망가진 일생을 책임질 자신이 없었던 것인지는 알 수 없었다.

너의 책상 위에 올려진 하얀 꽃만이 네가 이 교실에 존재했다는 증거였다. 나는 한동안 반 아이들을 붙들고 꽃을 가리키며 저게 보이냐고 물어보고 다녔다. 대부분 미묘한 시선으로 나를 훑어보다가 대답 없이 가버렸지만, 몇몇 애들은 그래, 하고 선심 쓰듯 대답해주었다. 그 순간에는 그토록 증오하던 연민 어린 대답만이 내 삶을 긍정하는 모든 것이었다.

어쩌면 처음부터 이렇게 될 줄 알지 않았냐고 내 안의 무엇인가 속삭였다. 너를 만나고, 꿈 같은 세계에서 귀신들과 부딪히며 함께 살아가는 일 같은 건, 처음부터 망상에 불과했다고. 설사 한때는 망상이 아니었다고 해도, 결국에는 망상이 되어버릴 치기 어린 추억에 불과했다고.

방과 후 옥상에 올라가 기도했다. 이 순간이 사실은 잘 짜인 장난에 불과하다면, 그렇게 될 수만 있다면 무엇이든 할 수 있다고. 먼 미래에 이 아픔이 별것 아닌 추억이 된다면. 그 추억을 너와 함께 떠올릴 수만 있다면. 내일 아무 일도 없었다는 듯 네가 돌아온다면. 모든 것이 악몽에 불과했다고 다정하게 말해 줄 수만 있다면.

어느새 검은 하늘에서 망각처럼 적막한 비가 내리고 있었다. 언젠가 너와 맞았던 검은 비처럼 비현실적인 풍경이었다. 반짝이는 빗금들로 난장판이 된, 마치 세계의 끝에 다다른 것만 같은 하늘을 나는 멍하니 바라보았다. 이런 풍경 뒤에도 세계가 평소처럼 계속되리라는 사실에 놀라움을 느끼면서.

*

 별다를 것 없이 지루한 오후였다. 나는 책상 아래 숨겨 둔 핸드폰으로 게임을 하고 있었다. 지문이 묻어 지저분해진 액정 표면을 향해 좀비가 된 토끼들이 무더기로 튀어나왔다. 화면을 연타해서 좀비 토끼들을 조준했다. 곧이어 화면을 끈적하게 뒤덮은 붉은 액체는 보는 것만으로도 서늘하고 상쾌했다.
 교사의 시선이 잠시 내 쪽을 향했다가 거두어졌다. 수업 시간에 핸드폰을 하는 애들은 한둘이 아니었고 그런 애들을 일일이 제지하는 일은 불가능했다. 나도 교사가 굳이 제지하지 않을 것을 이미 알고 있었다.
 교사가 나른한 목소리로 교과서를 읽는 동안에도 나는 게임에만 열중하고 있었다. 창밖으로 시선을 돌린 것도, 숨 막히게 파란 하늘에서 가느다란 검은 균열을 본 것도 순전히 우연이었다.

　나는 유리창에 시선을 고정한 채, 날카로운 검은 빗금이 점차 번져나가 하늘을 검게 뒤덮는 것을 멍하니 바라보았다.

　검은 비가 내리고 있었다.

　믿기지 않는 광경에 창문에서 간신히 눈을 떼고 교실을 둘러보았다. 반 아이들은 아무런 동요 없이 평소처럼 핸드폰을 하거나 문제집을 풀고 있었다. 그래. 착각이 분명했다. 검은 비라니, 그런 비현실적인 일이 일어날 리가 없었다. 게임 화면의 지나치게 화려한 빛을 계속해서 들여다보았기에 생겨난 잔상에 불과할 것이었다.

　적어도 그때는 그렇게 생각했다. 눈앞의 검고 축축한 균열이 세계의 아득한 변모를 암시하는 전조라고는, 조금도 짐작하지 못한 채로.

*

 다행히 오래 지나지 않아 비는 잦아들었다. 조용히 안도하며 평소처럼 적막하고 깨끗한 하늘을 힐긋 바라보았다.
 반 아이들이 떠드는 동안 교사가 들어왔다. 유난히 흰 피부의 여자아이도 함께였다. 교사가 조용히 시키기도 전에 아이들은 자연스럽게 침묵하며 전학생을 바라봤다.
 교사는 전학생의 이름이 이은하라고 했다. 예쁜 이름이라는 생각이 들었다. 하지만 전학생의 이름이 무엇이든 나와는 상관없는 일이었다. 어차피 부를 일도 없을 테니까.
 다시 고개를 숙이고 게임에 열중했다. 오늘 안에 좀비 토끼들로 뒤덮인 연구소 안으로 뚫고 들어가야 했다. 치료제든 백신이든 얻고 나면, 다음 스테이지로 넘어가 더 많은 좀비 토끼들을 화려하게 살해할 수 있을 것이었다.
 "잘 지내보자."

교사가 자기소개를 시키자 전학생은 놀라울 정도로 간단하게 인사하고 교단에서 내려왔다.

  건성으로 들리는 자기소개가 끝난 뒤, 저벅거리는 발걸음이 들렸다. 발걸음 소리가 점차 가까워졌다. 가까워지고 가까워지다가, 어느 순간 멈추었다. 이상한 기분이 들었다. 그럴 리 없지만, 발걸음이 지나치게 가까운 곳에서 멈춘 듯한 기분이. 핸드폰으로부터 시선을 떼고 고개를 들었다.

  순간 심장이 떨어질 것만 같았다. 눈앞에 전학생이 있었다. 전학생은 바로 앞에 선 채 정면에서 나를 내려다보고 있었다. 소름이 끼칠 만큼 이질적이고 집요한 시선으로.

  멍하니 마주 보는 사이 전학생은 비어 있는 내 옆자리에 자연스럽게 앉았다. 마치 처음부터 그의 자리였던 것처럼.

  "옆에 앉아도 되지?"

  이미 자리에 앉고서 묻기에는 뒤늦은 질문이었다. 나는 대답하는 대신 어색하게 시선을 피했다.

  전학생이 친근하게 구는 이유를 알 수 없었다. 이유

가 무엇이든, 불필요하게 장단을 맞추면서 감정을 소모하고 싶지 않았다. 어차피 친해질 일은 없을 테니까. 자랑은 아니지만, 애초에 나는 한 번도 누군가와 깊은 관계를 맺어본 적이 없었다. 일부러 피하는 것은 아니었다. 다만 누군가 내게 가까워지는 것이 무서웠다. 가까워지면 곧 실망하고 떠나갈 테니까. 애초에 먼저 다가오는 사람도 드물었지만.

전학생은 나와는 달리 다른 애들과 평범하고 자연스럽게 가까워질 것이다. 뻔한 일이었다. 잠시 자리를 비운 사이, 다른 아이들이 순식간에 내 자리를 차지한 채, 전학생과 함께 웃고 떠드는 장면이 눈에 선했다.

전학생은 나를 지나치게 빤히 바라보고 있었다. 뻔뻔할 정도로 집요한 시선 때문에 속이 울렁거리기까지 했다. 전학생이 내게서 시선을 떼지 않은 채 물었다. 숨결처럼 나지막한 목소리였다.

"이름이 뭐야?"

"소리."

나는 작게 한숨을 내쉬며 대답했다. 이제 이름에 얽힌 시시한 에피소드 같은 것을 털어놓아야 한다고 생각했으니까. 소리가 정말 어디에서나 들려오는 그 '소리'인지, 아니면 다른 특별한 의미가 있는지 하는 것들. 다들 그런 것을 궁금해했으므로. 집요한 질문으로 이름에 관한 궁금증을 해소하고 나면 사람들은 곧장 내게 흥미를 잃고 떠나버리고는 했다. 그러니 내 이름을 해명하는 것은 지긋지긋한 통과의례 같은 것이었다.

굳이 대답하자면, 그 '소리'가 맞았다. 부모는 둘 다 소리에 민감한 사람들이었고 그 반동으로 자식의 이름을 '소리'라고 지었다. 나를 계기로 소리를 사랑하게 될 거라고 믿었다고 한다. 아직 부모 모두 일상 곳곳에서 틈입해오는 미세한 소리에 남들보다 민감한 것은 여선하지만, '소리'라는 단어에 대한 부정적인 인상은 전혀 다른 것으로 바뀌었다고 한다. 이런 이야기를 하는 부모의 목소리는 그 어느 때보다도 다정했다. 그들은 평소 같은 말은 거의 반복하지 않았지만, 내 이름에 관한 이야기만큼은 몇 번이고 늘어놓고는 했다. 내 이름이 나에 대한 사랑을 증명하는 가장 중요한 징표라도 되는 듯이. 정작 나는 '소리'라는 이름이 그저 액땜에 불과하다고 생각하고 있지만.

이런 시시콜콜한 이야기를 굳이 먼저 말하지 않아도 전학생이 알아서 물어볼 거라고 생각했다. 궁금증을 해소하고 나면 다른 사람들처럼 미련 없이 내게 관심을 거둘 것이라고. 하지만 전학생은 내 이름을 천천히 되뇔 뿐이었다. 숨결 같은 목소리가 내 이름을 부르자 이상한 기분이 들었다. 간지러운 느낌에 팔등을 긁어대는 사이 전학생이 다시 내 이름을 부르며 말했다. 갑작스럽고 집요한 시선만큼이나 느닷없이.

"소리야, 너한테 부탁하고 싶은 게 있어. 사실 내가 찾고 있는 게 있거든."

"그게 뭔데?"

전학생이 웃으며 작게 속삭였다.

"말해도 이해 못 할걸."

"뭐?"

내가 황당하게 되묻자 전학생이 나를 물끄러미 바라보며 말을 이었다.

"어쨌든 나한테는 아주 중요한 거야."

"뭔지도 안 알려주면, 나보고 어떻게 도와달라는 건

데?"

"너보고 찾아달라는 말은 아니야."

나는 미간을 찌푸렸다. 전학생이 무슨 말을 하고 있는지 제대로 따라갈 수 없었다.

"그냥, 너와 함께 있으면 어떻게든 그걸 되찾을 수 있을 것 같은 느낌이 들어. 그러니까 당분간 네 곁에 있게 해 줘. 그걸로 충분해."

논리도, 근거도 없는 황당한 말이었다. 그러나 마주한 전학생의 눈동자는 거짓말이나 농담을 하는 사람의 것으로는 믿기지 않을 정도로, 눈부실 만큼 투명한 갈색이었다. 나는 전학생의 눈동자를, 그 속에 비친 내 반영을 멍하니 마주 보며 입을 열었다.

"……정말 그걸로 충분해?"

믿을 수 없었다. 그러나 믿을 수밖에 없었다. 말도 안 되는 달콤한 거짓말에 속고 있다고 해도.

사실 이런 순간을 오래도록 기다려왔으니까. 누군가 오직 나만을 필요로 한다고 말하는 순간을.

그런 기적을.

흔들리고 있을 내 시선과는 달리, 전학생의 시선은

여전히 곧고 투명했다. 내가 지금 무엇을 느끼고 있는지, 무엇을 기대하는지 전부 알고 있는 것처럼.

*

 가장 오래된 기억 속에서 나는 운동장 바닥에 넘어진 채 울고 있었다. 거친 흙에 쓸린 무릎에는 핏방울이 맺혀 있었다. 복받쳐오는 서러움과 고통에 비명을 질렀지만 나를 위해 달려오는 사람은 아무도 없었다. 운동장은 악몽처럼 텅 비어 있었다. 처음에는 울음을 그치면 밀려올 침묵이 두려워 계속해서 울었지만, 나중에는 울음소리가 허공에 흩어져 사라지는 것마저 섬뜩하게 느껴져 울음을 멈추었다.

 부모는 내게 그다지 간섭하지 않았다. 정확히 말하자면 방치하는 것에 가까웠다. 그들은 대부분의 시간 내가 모르는 그들만의 장소에 있었고, 나는 어린 시절부터 홀로 시간을 보내는 법을 익혀야 했다. 그 무렵부터 알고 있었다. 부모에게는 나보다 자신들의 일이 더 중요하다는 걸. 그들이 중요하게 여기는 일에 나는 포함

되어 있지 않다는 것도. 원망할 생각은 없었다. 자신의 일이 가족보다 중요한 것은 나도 마찬가지였으니까.

그러므로 텅 빈 거실과 적막은 피부처럼 익숙했다. 간혹 불을 끈 채 거실 소파에 앉아 허공을 바라보고 있으면 견디기 어려울 정도로 숨이 막힐 때도 있었지만, 게임에 빠져들면 그런 순간도 곧 물결처럼 부드럽게 스러지고는 했다. 게임 속에서는 모든 세계가 나만을 위해 움직였으니까.

처음 게임을 시작했을 때만 해도, 게임 속 세계는 나를 해치려 하는 괴물들이 가득한 위협적인 악몽일 뿐이었다. 그러나 시간이 지날수록 나는 게임의 구조와 문법에 익숙해졌다. 나를 해치려 한다고 생각했던 괴물들은 사실 나를 강하게 성장시키기 위한 존재였고, 공포스러운 맵들도 새로운 자극을 주기 위해 만들어진 배경에 불과했다. 게임의 모든 것이 나를 위한 것임을 이해한 뒤부터, 나는 게임 속에서 현실에서보다 더 편하게 숨을 쉴 수 있었다.

그러나 게임 속에서도 혼자인 것은 마찬가지였다. 마음을 나눌 수 있는 누군가가 기적처럼 찾아올 것이라는 기대는 점차 사그라들었다. 매일 밤 침대에서 숨죽여 울면서 친구를 사귀게 해달라고 기도하는 일은 초등학교 고학년이 되면서 그만두었다. 졸업하고 난 뒤에도, 성인이 되어서도 내 세계는 지금과 마찬가지로 적막할 것이다.

달라지는 것은 앞으로도 없을 것이다. 무의미한 기대가 피어오르는 것을 잠재우기 위해 천천히 눈을 감았다 뜨며, 나는 어느새 익숙해진 은하의 옆모습을 바라보았다. 마치 파도가 모래성을 쓸어내듯 눈꺼풀이 은하의 존재를 서서히 지워낼 수 있는 것처럼.

은하가 전학 온 지도 한 달이 지났다. 처음에는 은하가 얼마 지나지 않아 다른 아이들과 친해져 내 곁을 떠날지도 모른다고 생각했다. 함께 있게 해 달라는 부탁 같은 건 내 망상이나 착각에 불과하다고. 전학생은 언제 함께 있었냐는 듯 곧 나를 무시할 거라고. 그러나 은하는 친구를 사귀는 일에도, 반에 적응하는 일에도 관심이 없는 것 같았다. 한 달이 지난 뒤에도 은하는 여전히 내 곁에 남아 있었다.

하지만 함께 시간을 보내면서도 은하가 편해진 것만

은 아니었다. 어떤 순간은 은하와 있는 것이 참을 수 없을 정도로 불편했다. 낯선 사람과 함께 있을 때 느껴지는 느슨한 불편함과는 달랐다. 바늘에 찔리는 것처럼 날카로운 불편함에 가까웠다. 간혹 은하의 시선이 나를 향할 때면 그 애의 눈에서 조용히 묻어나는 차가움 때문인지도 몰랐다.

바로 지금처럼.

은하가 나를 향해 시선을 돌린 순간, 멍하니 굳어버리고 말았다. 은하는 거울 속에 비친 그림자처럼 무표정했다. 그 무표정에서 나는 익숙한 공허와 적막을 읽어냈다.

서늘했던 얼굴이 착각이었던 것처럼 은하는 곧 미소를 지으며 물었다.

"수업 끝나고 시간 있어?"

나는 고개를 끄덕였다. 은하의 미소가 깨끗하지만 냉정해 보이는 이유는 눈이 조금도 웃고 있지 않기 때문이라는 것을 깨달으면서.

*

 수업이 끝난 뒤 나는 은하를 그림자처럼 묵묵히 따라갔다. 은하가 먼저 계단을 한 칸 올라갔고, 나 역시 그를 따라 계단을 올랐다.
"우리 어디 가는 거야?"
 은하는 대답하는 대신 멈추어 섰다. 우리는 어느새 계단 끝에 다다라 있었다. 벽과 마찬가지로 단조로운 흰색의 문을 은하가 벌컥 열자, 계단 쪽으로 한낮의 밀도 높은 햇빛이 쏟아져 들어왔다.
 나는 은하를 따라 옥상 쪽으로 걸어 나갔다. 주변은 눈부실 정도로 밝았지만 알 수 없는 서늘함이 감돌았다.
 은하가 옥상 난간을 가리키며 말했다. 소름이 끼칠 정도로 평온한 어투로. 저기, 여자가 있다고.
"긴 머리를 풀어 헤치고 있어. 하얀 치마 차림이고."
"장난치는 거지? 아무것도 없잖아."
 은하가 내 팔목을 잡고 끌어당겼다.
"집중해서 봐. 보려고만 하면 볼 수 있어."
 나는 멍하니 난간 위의 허공을 바라보았다. 은하의

어투에서 느껴지는 냉정함이 이해되지 않았지만, 동시에 은하의 말을 따라야겠다는 생각이 들었다.

"볼 수 있어."

은하가 주문처럼 되뇌며 나를 바라보았다. 은하의 눈동자는 아름다웠다. 햇빛에 따라 물결처럼 일렁이는 홍채의 섬세한 주름을 마주 보며 나는 아득한 추락감을 느꼈다.

순간 조각난 이미지가 칼날처럼 스쳐 지나갔다. 끝없이 이어지는 하얀 계단과 검고 깊은 물, 깨진 거울에 비친 붉은 입술과 창문에 부딪혀 떨어지는 새. 얼굴 위로 쏟아져 내리는, 검은 물결 같은 머리칼. 멀미처럼 일렁이는 조각들.

생경한 감각에 내가 벅찬 숨을 들이마시는 동안 은하는 말없이 나를 지켜보았다. 나는 밝은 갈색 눈동자에 비치는 빛의 반영을 절박하게 올려다보았다. 은하의 등을 따라 걸을 때처럼 맹목적으로.

은하는 곧 난간을 향해 시선을 돌렸다. 나도 같은 방향을 바라보았다. 그제야 난간 위 여자의 존재를 느낄 수 있었다.

여자가 나를 마주 보았다. 여자는 난간에 앉은 채 허공에서 부드럽게 발을 휘젓고 있었다. 여자의 경계를 이루는 선은 당장이라도 사라질 듯 아스라이 일렁거리고 있었다.

 무슨 말이라도 해야 할 것 같았다. 적막 속에서 갑자기 나타난 여자가 언제든 공격할 수 있을 것처럼 느껴졌으므로. 하지만 무슨 말을 해야 할까? 평범하게 인사라도 해야 할까? 아니면 살려달라고 빌어야 하나? 나는 한참 입술만 달싹였다.

 먼저 말을 꺼낸 것은 여자였다. 여자는 희미하게 미소 지으며 말했다.

 "기다렸어."

 은하가 여자를 물끄러미 바라보다 속삭이듯 말했다.

 "미안해요. 기다리게 해서."

 "당신, 뭐예요?"

 내가 간신히 말을 꺼내자 여자가 대답했다.

 "어려운 질문이네. 굳이 대답하자면 너희에게서 출발했지만, 너희와는 다른 존재라고 해야 하나?"

 "귀신……이에요?"

여자가 희미하게 웃었다.

"그래. 귀신이라고 하자. 네가 그렇게 생각하는 게 편하다면."

여자가 물었다.

"그보다 여기엔 무슨 일로 온 거야? 나를 보러 왔을 리는 없고."

은하가 입을 열었다.

"찾는 게 있어서 왔어요. 여기서 단서를 얻을 수 있을까 해서요."

은하가 여자에게 물었다.

"당신은 여기서 뭘 하고 있었는데요?"

"너희를 기다리고 있었다고 하면?"

잠시 침묵이 이어섰다. 여자가 나지막이 숨을 내쉬며 말을 이었다.

"너무 진지하게 생각하지는 마. 거짓말은 아니지만, 그것만이 전부는 아니니까. 그냥, 솔직히 오랫동안 혼란스러웠어. 내가 왜 여기에 있어야 하는지, 왜 살아 있는 것 자체가 영원히 갇혀 있는 것 같은 느낌이 드는지. 어쩌면 그런 걸 물어볼 사람을 기다리고 있었을지도 모르지. 아무도 대신 대답해줄 수 없다는 걸 알면서도."

여자의 검은 눈동자는 흰자를 거의 덮을 정도로 커진 채 해수면처럼 일렁거리고 있었다.

"그래도 혼자인 것만은 아니었어. 언젠가 너희를 닮은 애가 온 적 있으니까. 한밤중에 올라와서 난간 아래를 한참 보고 있더라고. 그래서 말했어. 죽을 거면 다른 데로 가라고. 둘이 같이 지내기에 여긴 너무 좁으니까."

"틀린 말은 아니네요."

은하가 대꾸했다. 여자가 무덤덤하게 말을 이었다.

"걔도 그렇게 말했어. 죽을 생각은 없다고도 했고. 그저 여기서 나갈 방법을 찾고 있을 뿐이라고 했지. 다만 '여기'라는 게 옥상을 말하는 건 아닌 것 같았어. 나갈 방법을 찾는다고 하면서도 여기서 내려갈 생각은 없는 것 같았으니까."

은하의 표정이 굳어졌다.

"그 애……"

여자가 희미하게 웃어 보였다.

"이상한 애지? 특별하기도 하고. 너희처럼. 그런데 그때는 그 애가 장난을 친다고만 생각했어. 그래서 물었지. 여기서 지내는 게 어떤 의미인지 아냐고. 하나의 장소를 갖는다는 건 다른 장소를 전부 잃는 일이 될 수도 있다고. 내가 누구인지 확신할 수 없는 순간에도 나는 여기 있고, 그게 내가 기대할 수 있는 전부가 되어버린다고. 그 사실이 너무…… 아프다고. 너도 그렇게 되고 싶냐고 소리를 질렀어."

여자가 말을 멈추고 허공을 멍하니 바라보았다. 잠시 뒤 여자가 다시 입을 열었다.

"그랬더니 그 애가 말하더라. 여기 함께 있으면, 잠시라도 서로가 기다리던 걸 잊을 수 있지 않겠냐고, 그럼 조금이라도 더 견딜 만하지 않겠냐고 말이야."

"그래서요?"

"얼마나 시간이 지났는지는 모르지만, 결국 우리는 함께 시간을 보냈어. 무의미한 대화를 나누면서, 침묵을 흘려보내고 하늘의 푸르고 붉은, 검고 흰빛이 서로 섞여들고 흩어지는 걸 몇 번이고 바라보면서."

여자가 한숨을 내쉬듯 속삭였다.

"그리고 어느 순간, 그 애가 나를 똑바로 보면서 그러더라. 이제 됐다고. 나갈 방법을 찾았냐고 물으니까 그건 아니래. 그저, 함께 있는 동안 깨달았다고 했어. 우리 같은 존재는 함께할수록 더 괴로울 뿐이라고, 결핍은 결핍을 채워주는 것이 아니라, 더 깊게 파낼 뿐이라고. 그리고 그대로 떠났어. 그게 끝이야."

긴 침묵이 이어졌다. 은하가 여자를 똑바로 바라보며 말했다.

"내가 도울 일이 있다면 말해요. 그 애가 당신에게 주지 못한 걸, 난 줄 수 있을지도 모르니까."

나는 은하의 얼굴을 빤히 바라보았다. 은하가 한 말이라고는 믿어지지 않을 정도로 다정한 말이었으니까. 적어도 지금까지 지켜본 은하는 이렇게 다정한 사람이 아니었다. 언제나 곁에 있으면서도 선을 긋는 것처럼 보였다. 만나자마자 이상하고 황당한 고백을 하면서도 진심은 드러내지 않는 것만 같았다. 그런 은하가 뭔지도 모를 존재를 위해 기꺼이 나선다는 것이 이상하게 느껴졌다. 알 수 없는 배신감이 들 정도로.

"왜?"

여자가 엷게 웃었다.

"죄책감 때문이라면 됐어. 그냥, 날 도와주고 싶다면 하나만 알려줘. 여기 나와 같은 존재가 또 있어?"

은하가 여자를 물끄러미 바라보다가 말했다.

"솔직히 잘 모르겠어요. 아직 나도 이곳에 온 지 얼마 되지 않았으니까요."

여자는 알겠다고 말하며 웃어 보였다. 그러나 나는 분명히 지켜보았다. 여자의 얼굴 깊은 곳에 새겨져 있는 희망이 잠시 희미한 피부를 밝혔던 것을, 곧 그보다 짙은 체념과 고통이 여자의 눈동자를 좁히는 것을.

"지금은 확답할 수 없지만, 언젠가 발견하면 반드시 알려줄게요."

여자는 고맙다고, 하지만 기대하지는 않겠다고 말했다.

마치 불가능한 희망이 자신을 함부로 상처 입히도록 내버려 두지 않겠다는 듯이. 그 체념만이 자신을 지켜주는 마지막 희망이라는 듯이.

*

 옥상에서 돌아온 뒤부터는 아무것도 집중이 되지 않았다. 수업은 물론이고 게임을 하면서도 멍하니 있다 순식간에 좀비 토끼 떼에 둘러싸여 몇 번이나 게임오버 되었다.

 10번째 게임오버가 되었을 때 나는 책상 밑에 놔두었던 커터칼로 책상 표면을 의미 없이 긁어대기 시작했다. 초등학생도 하지 않을 장난이라는 걸 알고 있었지만 그렇게라도 하지 않으면 견딜 수가 없었다. 마구잡이로 손을 움직일 때마다 책상 표면에 신경질적인 선들이 그어졌다. 무기력하게 흠집이 나는 말간 표면을 바라보자 문득 견딜 수 없을 정도로 메슥거렸다.

 결국 나는 도망치듯 화장실로 향했다. 옥상의 여자에게 도와주겠다고 말하던 확신에 찬 목소리가 귓가에서 떠나질 않았다.

 학교 화장실은 비좁고 더러웠다. 먼지와 곰팡이로 더럽혀진 흰 타일의 경계 위를 자그마한 벌레가 천천히 기어가고 있었다. 나는 열린 칸 안으로 황급히 들어가 구역질했다.

"괜찮아?"

열려 있는 화장실 칸 문 너머에서 물결 모양의 갈색 머리칼을 내려뜨린 여자아이가 나를 걱정스럽게 바라보고 있었다. 지민이었다. 그의 이름을 기억하고 있었다. 학기 초에 지민과 잠깐 어울려 다닌 적이 있었으니까. 그리 오랜 시간 함께한 것은 아니었다. 친구라고 할 만한 사이도 아니었고. 지민은 어울리는 화장법이나 옷차림을 익히듯이 자연스럽게 자신과 더 잘 맞는 '진짜' 친구들을 사귀었고, 나와는 서서히 멀어지게 되었다.

그런 이유로, 지민과 이렇게 단둘이 남은 것은 학기 초 이후 처음이었다.

나는 젖은 입가를 손으로 서둘러 가리며 갈라진 목소리로 괜찮다고 대답했다.

"근데 너, 전학생이랑 친해?"

내가 대답하지 않자 지민이 멋쩍어하며 말을 이었다.

"그냥, 뭐 별일은 아니고. 좀 이상하지 않은가 싶어서."

빤히 바라보는 내 시선을 피하며, 지민은 내가 걱정돼서 그런다고 말했다.

"네가 워낙 순진하니까 두고 볼 수가 없어서. 그냥, 솔직히 말해서 걔 같은 애가 너랑 어울릴 이유가 없잖아. 뭔가 이유가 있지 않겠어? 다른 애들도 다 이상하게 생각해. 너만 모르고 있는 것 같아서 하는 말이야."

내려뜨린 내 양손이 잘게 떨리는 것이 느껴졌다. 지민의 말대로였다. 은하가 내 곁에만 있을 이유 같은 것은 어디에도 없었다. 나도 처음부터 알고 있었다. 내가 관계와 대화에 얼마나 서투른지. 그 모든 서투름을 상회할 만한 장점이 있지 않다는 것도. 그럼에도 은하가 내 곁에 머문다면, 그건 무엇 때문일까? 정말 나를 필요로 해서? 아니면 장난감처럼 가지고 놀아도 나를 위해 싸워줄 사람이 없기 때문에?

어느 쪽이든 내게는 선택권이 없었다. 그저 은하가 선사하는 단비 같은 관심을 절박하게 삼켜낼 수밖에.

오롯이 나에게만 향하는 시선을 오래도록 바라왔으니까. 그게 독이라고 해도, 기꺼이 삼킬 정도로.

*

 수돗물로 씻어낸 얼굴에서 물방울이 흘러내리는 것이 느껴졌다. 은하는 내 얼굴을 힐끔거렸지만 무슨 일이 있었는지 묻지는 않았다.
 어쩐지 은하가 화장실에서의 대화를 전부 알고 있을 것 같은 느낌에 괜히 움츠러들었다.
 "생각해 봤어?"
 "어?"
 갑작스러운 은하의 물음에 내 목소리가 높아졌다.
 "그 여자가 부탁했잖아. 자기 같은 존재를 찾아 달라고."
 "부탁한 것 같지는 않은데. 그리고 나도 도와줘야 하는 거였어?"
 나는 일부러 건성으로 대꾸했다. 다른 누군가를 돕는 일에 적극적으로 나설 생각은 없었다. 정작 도움이 필요한 사람은 나였으니까.
 "마음대로 해. 강요하는 건 아니야. 난 그 여자를 도울 거고, 함께할지 말지는 네가 결정할 일이니까."

은하가 텅 빈 칠판을 응시하며 차갑게 말했다. 순식간에 분위기가 냉랭해졌다. 나는 은하의 눈치를 살피며 조심스럽게 물었다.

"귀신 말하는 거지? 그 여자가 찾는 거 말이야. 찾을 수 있을 것 같아?"

"글쎄. 솔직히 나도 모르겠어. 그런 존재가 그 여자 말고 또 있기는 한 건지."

그럼 왜 도와주겠다고 한 거지? 나는 순간 미간을 찌푸렸다. 확신도 없으면서, 왜 굳이 그 여자에게 기대를 불러일으킨 것인지 이해할 수 없었다. 그런 기대가 상실보다도 사람을 고통스럽게 만든다는 걸 모르는 걸까?

내 의문을 읽어내기라도 한 것처럼, 은하가 말을 이었다.

"그래도 찾을 거야. 난 모든 일이 해결되기를 가만히 기다릴 수 있는 사람은 아니니까. 다치게 된다고 해도 직접 손을 뻗어야 직성이 풀리는 성격이지. 심지어 누군가를 해치게 된다고 해도. 너도 그렇지 않아?"

어느새 교실로 들어온 수학 교사가 칠판에 거대한 원을 그리고 있었다. 칠판의 검은 우주 위에서 원들이 무자비한 방식으로 겹쳐지고 이어지며 서로의 경계를 파고들었다.

나는 교사의 뒷모습과 부드럽게 움직이는 긴 팔을 한참 바라보았다. 은하도 나와 마찬가지로 칠판을 보고 있었다. 마치 부드러운 풀밭에 나란히 앉아 같은 하늘을 바라보는 것처럼. 그렇지만 우리 사이에는 분명한 거리감이 느껴졌다. 은하의 말에 서려 있던 알 수 없는 가시 때문인지도 몰랐다.

"그보다 그 여자 어딘지 익숙하지 않아?"

은하의 물음에 나는 자연스럽게 옆을 바라보았다. 처음부터 그렇게 생각하고 있었다. 여자와 은하는 닮았다고. 특히 희고 깨끗한 얼굴과 적막한 시선 같은 것이.

은하가 의미심장한 목소리로 말을 이었다.

"그 말 들어봤어? 가끔 자신의 분신을 보는 사람이 있대. 분신은 원래 절대로 마주칠 일이 없는 평행세계에 있어야 하는데, 상식으로는 절대 이해할 수 없는 문제가 생겨서 눈에 보이게 되는 거래."

"그럼 분신을 본 사람은 어떻게 되는데?"

"가까운 시일 내에 반드시 죽게 된대. 그래서 세계의

균형이 유지되는 거지."

 농담인지 진담인지 알 수 없는 말이 어딘지 불길하게 느껴졌다. 내가 대답하지 않았음에도 은하는 담담하게 말을 이었다.

 "그 여자가 나를 닮아서 무시할 수가 없었어. 아무런 의미도 없다는 걸 알면서도, 그 여자를 돕고 싶을 정도로."

 은하가 그 여자를 돕고 싶은 건, 누군가 자신을 도와주길 바라기 때문일지도 모른다는 생각이 들었다. 그게 정말이라면, 너를 도와줄 누군가가 나였으면 좋겠냐고 묻고 싶었다. 은하가 원하는 사람이 나라면, 아니, 누구라도 나를 원한다면 기꺼이 그 사람이 구하는 모든 것이 되어줄 수 있다고, 예전부터 그렇게 생각하고 있었으니까.

 그러나 은하는 도와달라고 말하지 않았다. 어쩌면 아까 무심하게 건넸던 질문이 마지막 기회였는지도 몰랐다.

 "나도 도울게."

 초조해졌다. 나는 다급하게 은하의 팔을 붙잡고 속

삭였다. 구하려는 것이 은하인지 나 자신인지 알지 못한 채로.

아마 은하 역시 그럴 것이었다. 어쩌면 우리는 각자 자신만을 위해 서로를 도우려고 하는 것인지도 몰랐다. 이기적이라는 것은 알고 있었다. 그래도 상관없었다. 그 이기심이 조금이라도 외로움을 지워낼 수 있다면 무엇이든 할 생각이었다. 어설프게 다정함과 이타심을 흉내 내는 일이라도. 설령 그것이 외로움의 또 다른 형태에 불과하다고 해도.

*

시간이 지날수록 옥상의 여자에 대한 기억은 흐릿해졌다. 마치 꿈속에서 만난 사람인 것처럼. 원래 귀신들은 전부 그런 것인지, 아니면 옥상 여자만 특별한 것인지 알 수 없었다. 이제는 무엇 때문에 여자가 은하와 닮았다고 느꼈는지도 잘 기억나지 않았다.

"앞으로 어떻게 할 거야?"

수업 중 내가 고개를 돌려 묻자, 은하는 일단 학교부

터 살펴볼 거라고 간결하게 대답했다.

그것으로 대화가 끊겼다. 침묵 속에서 나는 멋쩍게 핸드폰을 꺼냈다. 화면을 향해 필사적으로 기어 오는 좀비 토끼들을 열심히 터뜨리면서 은하의 존재를 무시하려 애썼다. 그럼에도 온 신경은 수업 내내 은하 쪽에 가 있었다.

"그 게임, 이름이 뭐야?"

갑작스러운 질문에 나는 은하의 시선을 피하며 속삭였다.

"데드 버니즈."

뺨에 와 닿는 시선에 피부가 간질거렸다. 초조함에 나는 은하가 묻지도 않은 것들을 아무렇게나 주절거렸다. 데드 버니즈는 토끼들이 좀비 바이러스에 감염된 뒤, 끔찍하고 깜찍한 좀비가 되어 인류를 공격하는 게임이라고. 나는 좀비 토끼들을 물리치면서, 또 좀비 토끼들에게 물려 좀비가 되는 사람들을 보면서 기쁨을 느낀다고. 때때로 사람이 견딜 수 없이 싫어질 때 게임을 하면, 좀비 토끼들이 자신을 대신해 사람에게 벌을 주는 것 같다고. 좀비 바이러스에 감염된 사람에게 치료나 죽음이라는 안식을 주면, 자신이 대단한 존재라도 된 것처럼 느껴진다고.

내가 멋쩍게 말을 마칠 때까지, 은하는 내가 중얼거리는 것을 한참 물끄러미 지켜보고 있었다.

"같이 갈래?"

수업이 끝난 후에야 은하는 입을 열었다. 나는 오랫동안 그 말을 기다렸던 것처럼 고개를 끄덕였다. 사실 은하가 말을 꺼내기 전부터 알고 있었다. 은하가 무엇을 말하든, 거절할 수 없으리라는 것을.

은하를 따라 불이 꺼진 학교 복도를 거닐며, 나는 창문 밖 분홍빛 하늘을 바라보았다. 형체 없는 슬픔이 밀려와 천천히 눈을 감았다 떴다. 비눗방울처럼 부유하는 미래 속에서 지금 순간을 회상하고 있는 듯한 느낌이 들었다. 비눗방울은 곧 터져버릴 것이라는 느낌이. 그러면 두 번 다시 엷은 무지갯빛 막을 통해 아름답게 일그러진 세계를 볼 수 없을 것이었다. 이 순간이 지나면, 유리창을 통해 쏟아져 들어오는 하늘의 붉은빛을, 곁에서 느껴지는 서늘하고 단단한 발걸음을 두 번 다시 기억할 수 없을 것 같았다.

이 그리움조차, 순식간에 휘발되어버릴 것 같았다.

*

 우리는 한동안 방과후 학교 건물 안팎을 매일 헤매고 다녔다. 특별한 대화도 없이. 마치 자신도 알지 못하는 이유로 깊은 물속을 하염없이 떠돌아다니는 물고기처럼.

 그러다 한 번은 학교 수영장에 들어섰다. 불이 꺼진 수영장에서는 시큼한 염소 냄새가 났다. 은하는 아무렇지 않게 교복을 입은 채 수영장 풀 안으로 들어갔다. 나도 무언가에 홀린 것처럼 은하를 따라 물속으로 들어섰다. 물을 머금은 교복의 무게가 몸을 무겁게 잡아끌었다. 같은 농도의 땀과 염소가 섞인 물이 우리의 피부에 스며들었다.

 희미한 푸른빛의 물이 피부를 부드럽게 핥아 내리다가 손가락 사이로 빠져나갔다. 은하의 얼굴은 물속에서 유달리 희어 보였다.

 그때 무언가 내 발목을 붙잡고 수영장 바닥 쪽으로

끌어내렸다. 비명을 지르려 했지만 아무런 소리도 나오지 않았다. 늘 이런 식이었다. 결정적인 순간에 나는 항상 무력해지고는 했다. 마치 스스로의 몸이 가장 치명적인 순간을 위해 숨죽이고 있다가 배신하기라도 하는 것처럼.

나는 허공을 향해 손을 뻗었다. 누군가의 단단한 손이 나를 붙잡고 산소가 있는 지면으로 끌어올리기를 간절히 기다리면서. 은하는 뭘 하고 있을까? 직전까지 바로 옆에 있었는데 어째서 구해주지 않는 걸까?

발목을 붙잡는 힘은 거세고 집요했다. 나는 점점 밑으로 끌려 내려갔다. 그러나 아무리 내려가도 수영장 바닥에 닿지 않았다. 마치 중력의 영향이 미치지 않는 우주를 영원히 떠도는 것 같았다.

벌어진 입에서 물거품이 울컥거리며 새어나갔다. 마침내 무언가 발끝에 걸렸을 때, 나는 순간 안도하며 발밑을 내려다보고 경악했다. 수백 마리의 검은 물고기들이 맨발을 감싸고 있었다. 발바닥과 발등을 서늘한 지느러미가 부드럽게 쓸어내렸다.

다시 고개를 들었을 때, 눈앞에 여자가 있었다.

굳어버린 나를 향해 여자가 손짓했다. 여자의 하반신은 인간의 두 다리 대신 물고기의 긴 꼬리와 지느러미로 이루어져 있었고, 상반신은 가슴을 그대로 내보인 채였다. 아니, 그런 것은 아무래도 좋았다. 나는 거울을 보듯 멍하니 여자의 얼굴을 바라보았다.

여자는 나와 같은 얼굴을 하고 있었다.

여자의 손짓에 물고기들이 헤엄쳐 갔다. 어느새 등 뒤까지 몰려온 물고기들을 따라 나도 함께 밀려갔다. 당장이라도 물고기들이 온몸을 뒤덮을 것 같아 두려우면서도, 발끝에서 부드럽게 느껴지는 지느러미의 감촉에 이상한 안정감이 느껴졌다.

인어의 긴 머리칼은 물속에서 해초처럼 일렁이고 있었다. 가까이에서 본 인어는 나와 쌍둥이처럼 닮았지만, 미세하게 이질적인 느낌이었다. 이목구비는 거울에서 매일 마주 보는 얼굴과 똑같았지만, 피부색은 혈색 없이 푸른 기가 돌았다. 무엇보다 그의 오만하고 당당한 표정은 거울 속에서 한 번도 본 적이 없는 표정이었다.

인어가 안심하라는 듯 미소 지으며 말했다.

"경계할 필요 없어. 나는 네 편이니까."

인어가 하는 말이 물결과 함께 몸 안쪽으로 밀려 들어왔다. 마치 물결을 통해 몸속 깊은 곳까지 인어의 언어를 들이마시는 듯한 느낌이었다.

"당신은 뭐예요?"

"네가 원하는 대로 불러. 귀신, 괴물, 아니면……."

인어가 잠시 말을 멈추었다가 다시 입을 열었다.

"뭐든, 네 마음대로."

그런 대답을 기대한 것은 아니었다. 궁금한 것은 왜 인어가 나와 같은 얼굴을 하고 있는지였다. 나는 잠시 머뭇거리다 입을 다물었다. 눈앞의 존재가 무슨 대답을 하든, 들어서 좋을 것이 없을 것 같다는 느낌이 들었다.

한참이 지난 뒤에야 간신히 물을 수 있었다.

"원하는 게 뭐예요? 날 왜 여기까지 끌고 온 거예요?"

"여기서 나가고 싶어서."

인어가 쓴웃음을 지으며 답했다.

물속은 죽음처럼 적막했다. 수백 마리의 검은 물고

기들은 끊임없이 작게 움직이며 내 몸을 간질이면서도 어떤 소음도 내지 않았다.

"그래서요? 나보고 도와달라고요?"

전학 오던 첫날부터 내게 도와달라고 부탁하던 은하의 말이 떠올랐다. 사실 내게는 누군가를 도울 만한 힘도 여유도 없었다. 언제나 누군가가 나를 도와주기만을 바랐지, 스스로 누군가를 도울 수 있다고는 생각해 본 적도 없었다. 그런데 왜 이상한 존재들이 내게 무엇인가를 구하기 시작한 것인지 이해할 수 없었다. 질 나쁜 장난에 잘못 걸려든 것만 같다는 느낌이 들 정도였다.

그러나 눈앞의 인어는, 나와 거울처럼 닮은 얼굴은 소름이 끼칠 정도로 생생했다. 부정할 수 없는 현실이라고 말하는 듯이.

"그래. 날 도와줘. 그게 널 위한 일이기도 하니까."

그 순간 인어의 가슴이 벌어졌다. 드러난 가슴 속은 반짝이는 붉은 액체로 가득 차 있었다. 인어는 자신의 내장을 가리키며, 비밀스럽게 무엇인가를 중얼거렸다.

나는 정체 모를 매혹에 사로잡혀 인어의 푸르스름한 피부를 향해 손을 뻗었다. 스치기만 해도 무엇이든 가질 수 있을 것 같았다. 마치 모든 과거와 미래가 인어의 피부 속에 감추어져 있는 것 같기도 했다. 저주에 걸린다고 해도 상관없을 것 같았다. 부드러운 피부를 갈라내고 그 속에 손을 집어넣어, 붉고 뜨거우며 물컹한 것을 쥐어 터뜨릴 수만 있다면.

눈앞의 존재가 이상할 정도로 애틋했고 안타까웠으며, 증오스러웠다.

내 손이 인어의 벌어진 가슴과 서서히 가까워졌다. 순간 고개를 들어 인어의 얼굴을 보았을 때, 인어는 맹수처럼 침착하고 냉정한 시선으로 나를 바라보고 있었다.

온몸에 소름이 끼쳐왔다. 돌이킬 수 없을 정도로 위험한 지경에 이르렀다는 것을 직감할 수 있었다. 그럼에도 손을 뻗는 것을 멈출 수 없었다. 나는 인어의 벌어진 가슴 속에 손을 집어넣어 인어의 붉은 내장을 움켜쥐었다. 손아귀에서 따뜻하고 물컹한 것이 터지는 감각이 들었다.

인어가 한쪽 입꼬리를 밀어 올렸다. 이제 무엇을 해야 하는지 알겠냐는 듯이.

나는 끈적이는 손을 인어의 가슴에서 빼낸 뒤 입가

로 가져갔다. 조심스럽게 입속에 밀어 넣은 손가락에서는 이상한 맛이 났다. 아니, 정확히 말하면 아무런 맛도 나지 않았다. 마치 허공을 핥고 있는 것처럼.

마치…… 꿈속에서 먹는 성찬처럼.

순간 알 수 없는 공포가 밀려왔다. 질식감을 참지 못하고 숨을 들이쉬려 하자, 수백 마리의 검은 물고기 떼가 달려들었다.

*

다시 숨을 들이쉬었을 때, 나는 수면에 도달해 있었다. 어떻게 물속에서 빠져나올 수 있었는지 제대로 기억나지 않았다. 다만 살아남기 위해 수면을 향해 올라가는 일에만 필사적으로 집중했을 뿐이다.

은하는 숨을 헐떡이는 나를 무표정한 얼굴로 바라보고 있었다.

"왜 가만히 있었어? 왜…… 날 구하지 않았어?"

"그럴 필요가 없었으니까."

"내가 저 안에서 뭘 봤는지, 무슨 일을 당할 뻔했는

지 알아?"

"정확히는 몰라. 하지만 넌 알고 있겠지. 그걸로 된 거 아니야?"

은하의 말이 너무 아팠다. 견딜 수 없을 정도로. 대체 은하에게 무엇을 기대했던 것일까? 나를 이해해줄 거라고? 구해줄 거라고? 옥상 귀신에게 자연스럽게 보여주었던 다정함을, 내게도 기꺼이 보여줄 거라고? 살아오는 내내 아무도 내게 준 적이 없었던 것을, 어째서 만난 지 얼마 되지도 않은 전학생에게서 찾고 있는 것일까?

"내가 너를 구해줬으면 좋겠어?"

유리 조각처럼 반짝이는 물방울이 은하의 속눈썹을 타고 흘러내려, 마치 울고 있는 것처럼 보였다. 그러나 다시 본 은하는 잔인할 정도로 건조한 표정을 짓고 있었다.

나는 천천히 끄덕였다. 마치 평생 그 말만을 기다려온 것처럼. 목에서 피가 흐를 때까지 소리치지 않아도 누군가 그 말을 해주기만을 계속해서 바라온 것처럼. 오직 그 말 때문에 나는 삶 속에서 몇 번이고 숨을 참고 심연으로 들어갔던 것이 아닐까? 가장 깊은 곳으로 들어가야 그곳으로 찾아올 누군가를 만날 수 있을 테니까.

그리고 은하는 묻고 있었다. 구해주기를 원하냐고.

나는 몇 번이고 고개를 끄덕였다. 결국 은하는 나를 구하려 하지 않았다는 것을 알면서도.

말없이 나를 바라보는 은하에게, 나는 인어를 봤다고 말했다. 인어는 죽어가고 있었고 물 밖으로 나오기를 원했다고. 인어의 내장을 맛보았던 일과 그때 느꼈던 기시감에 대해서는 언급하지 않았다. 인어의 얼굴이 나와 소름 끼칠 정도로 닮았다는 말도 굳이 하지 않았다. 왠지 함부로 말해서는 안 될 것만 같았다.

"혹시 옥상 여자가 찾던 게 그 인어일까?"

내가 속삭였다.

"그럴지도 모르지."

은하의 대답이 어쩐지 건성으로 느껴졌다. 서운했지만 애써 말을 이었다. 대화가 끊어지고 숨 막힐듯한 적막이 찾아오는 것보다는 나았으니까.

"그럼 어떡하지? 먼저 여자에게 말해야 할까? 믿지

않으면 어쩌지? 인어를 옥상까지 직접 데려갈 방법이 있을까?"

"글쎄. 인어가 원한다면 언젠가 알아서 옥상으로 찾아가겠지."

"너, 이제 그 여자를 돕고 싶지 않은 거야?"

무신경하게 말을 잇는 은하에게 내가 참지 못하고 따져 물었다.

은하가 희미하게 웃어 보였다.

"그런 건 아니야. 그냥 갑자기 궁금해졌을 뿐이지. 네가 왜 갑자기 그 여자를 돕는데 열심인지."

"뭐?"

내 노력을 멀리서 방관하는 듯한 말에 순간 멍해졌다. 분명 여자를 돕겠다고 나선 것은 은하가 먼저였다. 확신에 찬 태도로 여자를 돕겠다고 말한 지 얼마 지나지도 않았는데. 지금 은하의 말은 여자를 도우려는 나를 책망이라도 하는 듯했다. 내게 불만이라도 있는 걸까? 아니면 단순한 변덕일까? 차라리 내게 불만을 가지고 있는 편이 나았다. 불만 같은 건, 내가 변하기만 하면 얼마든지 해결될 수 있을 테니까.

하지만 변덕이라면. 나는 천천히 손을 쥐었다 폈다. 언젠가 은하가 아무런 이유 없이, 그저 질려서 나를 떠날지도 몰랐다. 그렇게 되기 전에 지금이라도…….

나는 한참 은하를 바라보다 간신히 말을 뱉었다.

"돕지 않을 거면 직접 가서 그렇게 말해. 네가 하지 않으면, 나 혼자서라도 도울 테니까."

은하가 미소를 거둔 채 물었다.

"혹시 그렇게 생각해? 여자를 도와주기만 하면, 모든 일이 해결될 거라고?"

은하의 흰 손이 수영장 물을 부드럽게 휘젓는 모습을 나는 홀린 듯 바라보며 물었다.

"그게 무슨 말인데?"

"어느 순간 시작된 악몽 같은 일들도, 기시감도, 불안도 전부 해결될 것 같냐고."

은하의 말대로였다. 어느 순간부터 악몽처럼 기이한 불안이 피부처럼 온몸에 끈적하게 달라붙어 있는 것만 같았다. 그 불안이 나를 가장 어둡고 습한 곳으로 고립시키는 것만 같았다.

그렇지만 나만이 아닐지도 몰랐다.

방금 은하의 말을 듣고 기이한 확신이 들었다. 은하 역시 마찬가지일지 모른다고. 간혹 은하가 내보이는 견고한 다정함조차 온전히 품어낼 수 없는 연약함이, 은하의 안에도 존재할지도 모른다고. 그래서 나조차 확신할 수 없는 감정과 생각을 이토록 쉽게 간파할 수 있는 것이라고.

나는 눈을 감은 채, 치밀어오르던 불안과 두려움이 조금씩 사그라드는 것을 느꼈다. 수영장의 푸르스름한 공기가 젖은 피부를 날카롭게 훑어내리고 있었다.

다시 눈을 떴을 때, 내 앞에는 네가 있었다. 청록색 물 위에 떠 있는 너는 아름답고 기이한, 이름 모를 생물처럼 보였다. 냉정하고 날카로운 말이나 완벽한 실루엣과는 달리, 너의 얼굴을 반쯤 뒤덮은 그림자는 지나치게 위태로워 보였다.

*

악몽처럼 기이한 일들은 수영장에서의 사건으로 끝나지 않았다.

나는 도서실의 책장 구석에 웅크려 앉은 채 좀비 게임을 하고 있었다. 지금 도서실에 나를 제외하고는 아무도 없다는 것도, 나를 찾아올 사람이 없다는 것도 알고 있었다. 그렇지만 숨고 싶었다. 어떤 마음도 쉽게 닿지 않을 곳에. 그렇지만 지나치게 깊고 멀지는 않게. 그 마음이 너무 오래 헤매지 않고 결국에는 나를 찾아올 수 있도록.

화면을 바라보고 있어도 집중이 되지 않았다. 그 애의 차가운 갈색 눈동자가 좀비 떼로 가득 찬 화면 위로 어른거렸다.

평소처럼 교실 책상 앞에 앉은 채 무심코 고개를 돌렸을 때, 나는 투명한 시선과 마주쳤다. 어떤 감정도 온기도 없이, 차가울 정도로 깨끗한 시선을 보는 순간, 나는 무언가에 데인 것처럼 도망치듯 교실 밖으로 뛰쳐나갔다.

언제나 마주하던 차가움이었다. 그런데 그 익숙한 냉담함이 갈수록 견디기 어려웠다. 오래 걸리지도 않았다. 수조에 아슬아슬하게 차 있던 물이 그 잠깐의 시선과 함께 넘쳐 흘러버리기까지는.

무언가 무너져내린 것만 같았다. 언젠가부터 은하를 보고 있으면, 알 수 없는 상실감이 들었다. 무언가를 가져보기도 전에 잃어버린 것 같은 기분. 정확히 무엇인지도 모를 것이 그립고 안타까워서 견딜 수가 없었다.

한숨을 쉬며 핸드폰을 내려놓는 순간, 오른손에 무엇인가 와 닿았다. 무엇인가 차갑고 가느다란 것이.

손등에 붙어 있는 것은 푸른 나비였다. 나비는 검푸른 분진을 날리며 손등에 고집스럽게 붙어 날갯짓하고 있었다. 온몸에 소름이 끼쳤다. 나는 황급히 손등을 털었다.

비명을 지르며 손등을 털어내는 동안에도 나비는 떨어져 나가지 않았다. 마치 손등에 핀셋으로 꽂아놓기라도 한 것 같았다.

"소용없어. 아무리 노력해도 떼어낼 수 없는 것이 있으니까."

나비의 거대한 눈동자가 정면에서 나를 마주 보았다. 섬세한 격자무늬가 무한한 거울 조각처럼 내 얼굴을 비추고 있었다. 나는 입술을 달싹였지만 아무런 말도 나오지 않았다.

나비가 밤처럼 깊고 부드러운 목소리로 말을 이었다.

"지금이라도 그걸 깨닫지 않으면 정말 돌이킬 수 없게 될 거야. 데드라인까지 얼마 남지 않았어. 이대로라면 너는 누군가로 인해 존재하는 마음이 얼마나 외롭고 두려운 것인지도 모른 채 그것을 잃어버릴 거야. 마치 그런 공포를 한 번도 겪은 적이 없는 것처럼. 그런 불안이 너를 영원히 다른 존재로 만들어버리지 않은 것처럼."

나비의 목소리가 지나치게 비현실적이었기에 오히려 머리가 서서히 맑아지는 느낌이었다. 이 모든 일이 말도 안 되는 악몽일 뿐이라는 생각이 들었기 때문인지도 몰랐다.

"그게 무슨 말이야?"

나비가 소름이 끼칠 정도로 다정한 목소리로 되물었다.

"뭔가를 찾고 있지 않아? 그게 아니라도 무언가 중요한 걸 잃어버린 것 같은 느낌이 들지 않아?"

나비의 말에 나는 흠칫 굳었다. 은하의 얼굴이 떠올랐기 때문이었다. 이상한 일이었다. 잃어버린 것을 찾고 있다고 말한 건 은하였으니까. 그런데 어째서 내가 무엇인가 잃어버린 듯한 느낌이 드는 걸까? 왜 그게…… 너인 것 같을까?

나는 어느새 손등 위에 식물처럼 돋아난 나비의 푸른 날개를 대담하게 쓰다듬고 있었다.

"네가 뭘 원하는지 모르겠어. 내 앞에 나타난 이유가 뭐야?"

"난 네 조각이야. 일종의 버그 같은 거지. 원래대로라면 이 세계에 있을 수 없는 존재고. 어차피 그에게 들키면 당장이라도 사라질 수밖에 없겠지만."

"뭐?"

"지금이 아닌 언젠가의 난, 아니, 너는 전하지 않을 수 없는 절박한 마음이 있었어. 그래서 원래라면 불가능한 일이 네 앞에 나타났을 뿐이야. 네가 받아들이든, 받아들이지 못하든 이게 진실이야."

나는 비현실적으로 검은 눈을 노려보았다. 나비의 눈동자에 무한히 되비쳐지는 스스로의 시선 때문에 현기증이 일었다.

"그럼, 이건 기적이야?"

나비가 웃었다.

"그래. 이건 기적이야. 네가 믿지 않는다면 아무것도 바꾸지 못할 기적."

나비의 대답에 목 안쪽이 뭉근히 아파왔다. 견딜 수 없이 슬프고 외로울 때면 늘 그렇듯이. 일그러졌을 내 얼굴을 똑바로 응시하며, 나비가 말을 이었다.

"나를 믿어. 그게 여기서 탈출할 유일한 방법이니까."

자신을 돕는 것이 나를 위한 일이라던 인어의 말이 떠올랐다. 시간이 지날수록 이 기이한 존재들이, 아니, 어쩌면 세계 자체가 내게 무엇인가를 전하려 하는 듯한 느낌이 들었다. 무엇인가 중요한 것을 놓치고 있는 것만 같은 느낌이……

순간 나비의 검은 입이 점점 더 벌어졌다. 거대해진 구멍이 내 머리 위를 덮쳐왔다. 마치 나를 다른 세계로 인도하는 것처럼.

나는 나비의 입속 깊은 허공을 보았다. 그곳은 무수한 푸른 별들이 반짝이는 우주였다. 미래와 과거의 모든 질량을 간직하고서도, 한없이 팽창하는 침묵처럼 고독한 우주. 그 순간 나는 은하를 떠올렸다.

그리고 갑작스럽게 찢겨나간 세계에, 정말 은하가 서 있었다.

비릿한 체액이 피부를 뒤덮었다. 나비의 검은 구멍을 꽃잎을 찢어내듯 맨손으로 갈라내는 은하의 하얀 얼굴이 보였다.

은하의 손에 찢겨나간 나비의 날개는 허공으로 스며들어 순식간에 사라졌다.

은하는 아무 일도 일어나지 않은 것처럼 깨끗한 얼굴로 괜찮냐고 물었다.

"괜찮냐고?"

내가 날이 선 말투로 되물었다.

고맙다고 해야 한다는 것은 알고 있었다. 하지만 이상할 정도로 섬뜩한 느낌이 들었다. 마치 깊은 내면의 무언가가 찢겨나간 것만 같은 느낌. 나비의 말대로, 정말 돌이킬 수 없는 일이 벌어진 것만 같은.

아름다운 푸른 빛이 망혼들처럼 흩날리던 나비의 내부가 떠올랐다. 그곳에 들어가는 순간 공허함과 함께 깊은 안정감이 느껴졌다. 나비의 구멍, 그 깊은 곳이 내게 마땅한 자리인 것처럼. 그곳을 떠나 살 생각 같은 것은 한 번도 해본 적이 없는 것처럼. 심지어 그곳에서 벗어난 삶이 돌이킬 수 없는 실수인 것처럼. 기억나지 않는 모든 순간에 그곳으로 되돌아가고 있었던 것처럼.

은하는 나를 바라보고 있었다. 영혼이 깃들지 않은 빈 껍질처럼 무감한 시선으로. 은하의 양손에는 아직 사라지지 않은 푸른 날개 조각이 들려 있었다. 머리를 잃은 날개가 가련하게 움찔거리다가 축 늘어졌.

은하가 날개 조각을 내밀며 물었다.

"돌려줄까?"

이상하게도 은하가 미안해하는 것 같은 느낌이 들었다. 전혀 그럴 이유가 없는데도.

순간 은하가 또래처럼 보여 당황스러웠다. 허공에 어색하게 들린 은하의 하얀 손은 친구에게 사과하기 위해 뜯어낸 꽃잎을 어색하게 건네는 아이의 손처럼 무구하고 잔인했다. 나는 나비의 조각을 천천히 받아 들었다. 죽은 나비의 표면은 얼음처럼 차갑고 매끄러웠다.

문득 나는 눈앞의 하얀 손을, 그 손의 미세한 떨림을

사랑하고 있음을 깨달았다. 찰나의 예감처럼 선명하게 빛나는 깨달음이었다.

"고마워."

받아든 날개 조각을 손에서 놓아버리는 순간, 마지막 남은 나비의 흔적은 순식간에 사라졌다. 오직 꿈속에서만 맥동하는 오래된 기억처럼.

*

하나의 악몽을 끝내기 위해 얼마나 많은 밤들이 필요할까?

나는 인어의 꿈을 꾸었다. 꿈속에서 인어는 나를 거울처럼 마주 보며 물었다.

"뭘 기다리고 있어?"

나는 아무것도 기다리지 않는다고, 이제 이런 뜻 모를 말들은 지긋지긋하다고 대답했다.

그러자 인어의 피부 위로 얇은 껍질 같은 것이 일어났다. 인어는 능숙한 손길로 투명한 비늘을 벗겨냈다. 비늘 아래 드러난 붉은 피부는 은하의 얼굴을 한 종기들로 뒤덮여 있었다.

 밀려오는 구역감을 참기 어려워 눈을 감았다. 숨을 참은 채 시간이 지나가기를, 악몽이 끝나기만을 기다렸다. 끝을 기다리는 동안에는, 결코 끝이 찾아오지 않을 것을 알면서도.

 인어가 보여주는 것이 무엇인지 알고 있었다. 그것은 나의 내면을 숨 막히게 채우고 있는 갈망과 외로움이었다. 결국 악몽에서 벗어날 방법이 없다는 것도 알고 있었다. 이것은 나의 악몽이고 현실이었으니까.

 악몽에서 벗어나기 위해, 하나의 삶이 궤도를 이탈해 전혀 다른 방식으로 존재하기 위해서는 단순한 행운이 아닌 기적이 필요했다. 그리고 무슨 짓을 해도 혼자만의 힘으로는 기적을 부를 수는 없었다. 기적은 처음부터 나의 것이 아니었다. 외로움에서 벗어나기 위해 무수히 기도하던 밤들 속에서, 그 사실을 뼈저리게 깨달았다. 아무도 내 기도를 들어준 적이 없으니까. 죽을 때까지 이런 악몽 같은 외로움 속에 갇혀서 살아야 한다고 생각했다.

 네가 나타나기 전까지는.

인어의 피부 위에 일어난 은하의 얼굴들을 보며, 나는 평소처럼 체념했다. 동시에 어떤 변화를 예감했다. 다정하게 타이르듯, 혹은 잘게 웃음을 터뜨리듯 부드럽게 일렁이는 끔찍하고 아름다운 얼굴들을 보면서.

*

 의자가 밀리는 소리가 들렸다. 악몽으로 잠을 설친 탓에 몽롱해져 있던 정신이 찬물을 끼얹은 것처럼 깨어났다. 은하가 자리에서 일어나고 있었.

 또였다. 요즈음 은하는 쉬는 시간에 혼자 밖으로 나가고는 했다. 화장실에 가는 것은 아니었다. 은하가 계단을 내려가 건물 밖으로 나가는 것을 몰래 뒤를 따라가 확인한 적이 있었다. 건물 밖까지 따라갈 용기는 없었지만.

 치밀어오르는 불안감에 나는 입술을 짓씹었다. 대체 어디로 가는 걸까? 다른 친구라도 사귄 걸까? 이대로 지민처럼 서서히 멀어져 데면데면한 사이가 되어버린다면⋯⋯.

은하가 나를 힐긋 내려다보며 말했다.

"따라오고 싶으면 마음대로 해. 상관없으니까."

나는 부정하는 대신 곧바로 자리에서 일어났다. 징그럽게 느껴진다고 해도 어쩔 수 없었다. 은하가 내 곁을 떠나는 것보다는 나았다.

나는 은하의 뒷모습만을 묵묵히 바라보며 계단을 내려갔다. 은하가 나를 어디로 데려가든 상관없었다. 곁에 있을 수만 있다면.

은하는 본관 건물을 빠져나가 체육관 옆 창고로 들어섰다. 창고는 잠겨 있었지만, 은하는 검은색 머리핀을 꺼내 익숙하게 자물쇠를 땄다. 능숙하게 머리핀을 움직이는 손길과 함께 창고 문이 열렸다.

내가 은하를 따라 창고 안으로 들어서자, 은하는 곧장 창고 문을 닫고 한쪽 구석으로 다가갔다. 어둠 속에서도 주변이 선명히 보이는 것처럼 거침없는 걸음이었다.

"여긴 왜 온 건데? 뭐가 있어?"

나는 어둠 속을 살피며 조심스럽게 물었다.

은하는 대답 없이 창고 한쪽 구석을 향해 시선을 돌

렸다. 그제야 나는 구석에 웅크리고 앉아 있는 여자아이를 발견했다. 여자아이의 얼굴은 어둠 속에서 흐릿한 윤곽만 드러낼 뿐이었다. 그러나 여자아이의 눈만은 기이할 정도로 선명하게 빛났다. 그 눈 때문에, 본능적으로 알아차릴 수밖에 없었다. 여자아이가 평범한 사람이 아니라는 걸.

내가 멍하니 바라보는 동안, 커다란 고동색 눈이 치켜 뜨였다. 내가 흠칫하는 사이 여자아이가 은하를 향해 시선을 돌렸다.

"질리지도 않아? 말했잖아. 네가 아니라니까."

"뭐가 아닌데?"

은하가 무릎을 굽혀 여자아이와 시선을 맞추며 물었다.

"내가 기다리는 사람. 네가 아니라고."

"그럼 누굴 기다리는데? 말해 봐. 어쩌면 우리가 도와줄 수 있을지도 몰라."

내가 이어서 옥상 여자 이야기를 꺼내기 전에, 여자아이가 거칠게 말을 끊었다.

"됐으니까 그냥 내버려 두고 가."

"누구를 기다리는지 말해주면."

은하가 단호하게 말하자 여자아이가 은하를 향해 천천히 시선을 돌렸다.

"날 여기 가둔 애들."

"그럼 걔넬 찾아서 데려다줄까?"

은하가 물었다.

"아니, 그럴 필요 없어. 걔네가 날 여기에 가뒀으니까, 걔네가 직접 와야지. 수업이 끝나면 데리러 오겠다고 약속했으니까."

"뭐하러 기다려? 네가 원한다면 지금이라도 나갈 수 있을 텐데. 당장 나가서 복수든 뭐든 하면 되잖아."

은하의 말에 여자아이가 웃음을 터뜨리며 되물었다.

"아직 더 기다릴 수 있는데 뭐하러 복수 같은 걸 해?"

여자아이의 얼굴에서 서서히 웃음기가 사라졌다.

"이해가 안 되지? 내가 그 애들의 실체를 알면서도 그 애들에게 집착하는 게."

여자아이가 한숨을 내쉬었다.

"처음부터 이러진 않았어. 네가 더 일찍 왔으면 지금과 달랐을 거야. 아무런 망설임도 없이 네 손을 잡고 밖으로 나갔겠지. 그런데 너, 안 왔잖아. 내가 여기서 영원히 나가지 못할까 봐 두려움에 미쳐가는 동안, 한 번도."

"그렇게 두려웠으면 왜 지금이라도 나가지 않는 건데?"

내 물음에도 여자아이의 시선은 은하에게 고정되어 있었다. 마치 나는 보이지도 않는다는 듯한 태도였다.

"네가 오기 전에 그 애들이 왔으니까. 그 애들이 먼저 나를 발견하고, 내 손을 잡고, 나를 되찾아줬으니까. 그러니 어쩔 수 없어. 그 애들의 마음이 나와 같지 않다고 해도, 나중에 분명히 후회하게 된다고 해도, 끝까지 그 애들을 기다릴 거야. 그 애들이 찾아오면, 그때 직접 들을 기야."

여자아이가 들릴 듯 말 듯 희미한 목소리로 말을 이었다.

"어떻게 ……에 불과한 너희가 나를 발견했는지, 어떻게 나를 구할 수 있었는지, 그리고 왜 나를 여기에 가둔 건지. 그 모든 마음은 진짜였는지."

여자아이의 말은 수수께끼 같았지만, 어느 정도는

이해할 수 있을 것 같았다. 어디에도 속하지 못한 채 유령처럼 살아가던 사람에게 뻗어진 손이 얼마나 절박하고 소중한지 잘 알고 있었으니까. 그 손을 지킬 수만 있다면 무엇이든 할 수 있을 정도로.

은하가 한동안 여자아이를 내려다보다 입을 열었다.

"좋아, 네 마음대로 해."

은하가 한숨을 내쉬며 말을 이었다.

"대신 이름 정도는 알려줘. 누군가는 이름을 불러줘야 너도 네가 누구인지 잊지 않을 테니까. 돌이킬 수 없을 정도로 여기 깊이 갇히는 일도 없을 테고."

여자아이는 마지못한 듯 작은 목소리로 자신의 이름을 밝혔다.

*

은하는 창문 너머 허공을 바라보고 있었다. 언제나 그랬다. 너는 항상 무엇인가를 응시하고 있었다.

햇빛을 머금은 밝은 눈동자 속에서 무슨 일이 일어나고 있는지 궁금했다. 그곳에 나도 담겨 있을까? 담겨 있다면, 밝은 갈색 눈 속에서 나는 어떤 모습을 하고 있을까? 그런 궁금증이 치밀어 오를 때면 일부러 시시콜콜한 말을 걸었다. 말을 걸면 내게 향하는 곧고 투명한 시선이 좋았으니까. 너의 시선이 오롯이 나를 향하는 순간만큼은 내가 네 안에 자리할 것 같았다.

수업이 끝난 뒤, 우리는 붉은빛의 저녁을 헤치며 하교했다. 저마다의 속도로, 저마다의 시간을 헤엄치는 물고기 같은 사람들 속에 섞여서.

그때 한 마리의 새가 발치에 떨어졌다. 눈부시게 하얀 새였다. 툭, 투둑하는 소리가 들렸다. 곧 비가 내리는 소리와 함께 무수한 새들이 폭우처럼 쏟아져 내렸다. 사람들의 비명이 들려왔다.

마치 다급한 경고처럼. 날카로운 비명과 함께 떨어져 내리는 새들을 나는 멍하니 바라보았다. 마치 세상이 나에게 경고하는 것 같다는 생각이 들었다. 위험하다고, 지금 당장 도망가라고. 하지만 누구에게서? 어디로?

나는 은하에게 이끌려 가까운 건물까지 달려갔다.

상가 건물 입구에서 나는 거리를 수놓은 피투성이 새들을 내다보았다. 바닥에 내동댕이쳐진 새들은 길을 잃고 추락한 천사들처럼 보였다.

은하가 말없이 내 손을 잡았다. 은하의 손은 놀랄 만큼 차가웠다. 그 차가움에서 이상하게도 부드러운 온기가 느껴지는 것 같았다.

나는 눈을 감고 피부에 와닿는 차가움에 집중한 채 끝을 향해 치닫는 악몽 같은 풍경을 외면하려 애썼다.

다시 눈을 떴을 때, 하늘은 적막하게 비어 있었다. 사람들은 아무 일도 없었다는 듯 아스팔트 길에 떨어진 흰 새들을 피해 걸어갔다.

"방금 뭐였어?"

내가 떨리는 목소리로 물었다.

"별일 아니야. 자잘한 오류 같은 거지."

"뭐?"

"그런 거 알아? 폐쇄된 지역에서 일어나는 집단망상. 많은 사람이 동시에 같은 환각을 보는. 어떻게 생각하면 집단망상이라는 거, 세상의 시스템 어딘가가 잠시 오류를 일으킨 것 같지 않아? 방금도 비슷한 일일지 모르지."

"우리가 이상한 것들을 자꾸 만나서, 그래서 세상이

이상해지는 걸까?"

"반대라고는 생각 안 해봤어? 네가 이상해서 이상한 것들을 자꾸 만나는 거라고."

은하의 태연한 말에 나는 얼굴을 찌푸렸다. 스스로가 이상하다고는 조금도 생각해 본 적이 없었다. 외롭고 힘들긴 했지만 그뿐이었다. 특별할 것도 비극적일 것도 없었다. 이상하다고 표현할 정도는 아니었다. 분명히 그랬다. 은하가 오기 전까지만 해도.

"내가 이상해졌다면, 그건 전부 너 때문이야."

내 말에 은하가 희미하게 웃으며 대꾸했다.

"그럴지도 모르지. 그렇다고 달라지는 건 아무것도 없지만."

달라지는 것은 없다. 주어가 무엇인지는 알 수 없었다. 나인지 너인지, 아니면 우리의 관계인지. 이상한 일이지만 그 말을 듣자 안타까움이 느껴졌다. 깊은 물에 빠뜨린 보석을 하염없이 내려다보는 듯한 안타까움.

순간 마음속에 단단한 것이 느껴졌다. 보석이 잠겨 있는 물속에 손을 집어넣어야겠다는 다짐 같은 것이. 나는 너를 향해 결연한 목소리로 말했다.

"같이 도망가자."

"어디로?"

"어디로든. 말로 설명하기는 어렵지만, 무서운 예감이 들어. 더는 여기 있으면 안 될 것 같은."

은하가 고개를 저었다. 어둠 속에서 은하의 표정은 잘 보이지 않았다.

"그 애에게는 나갈 수 있다고 말했잖아."

부적절한 비교라는 것을 알면서도 무심코 그 애 이야기가 나왔다. 창고에 갇혀 있는 그 애와 우리는 전혀 다른 상황이라는 것을 알면서도. 나간다는 말의 의미 역시 달라질 수밖에 없다는 것도. 어쩌면 창고에서 은하가 그 애에게 보여주었던 다정함을 마음에 담아두고 있었기 때문인지도 몰랐다.

"수연은 다르지. 나와도, 너와도."

은하가 지친 듯한 목소리로 말했다.

"할 수만 있다면 나도 도망치고 싶어."

어느새 하늘에서 내리기 시작한 비가 아스팔트 바닥을 찬란한 검은색으로 물들이고 있었다.

우리는 놀라울 정도로 태연하게 걷고 있는 사람들

틈에 끼어들었다. 함께 칠흑처럼 검은 비를 맞으며 걷는 동안 새들의 붉은 피와 검은 물이 진한 액체로 섞여들었다.

나는 검은 물이 은하의 얼굴을 적시며 흘러내리는 것을 혼란스럽게 바라보았다. 마치 악몽 속을 걷고 있는 것 같은 기분이었다. 목적도 의미도 없는, 다만 사람의 정신을 망가뜨릴 뿐인 악몽. 시작도 끝도 없이 영원히 이어지는, 그러나 결정적인 순간에는 입맞춤처럼 다정해지는, 악몽.

순간 구름이 걷히며 검게 젖은 은하의 얼굴이 드러났다. 비를 흘려보낸 뒤의 구름처럼 깨끗하고 어딘지 초연해 보이는 얼굴이. 은하의 눈동자에 비친 검은 빗줄기는 밤처럼 아름답고 잔인하게 흘러내리고 있었다. 알아차리지 못하는 동안에도 계속해서 차갑게 출혈하고 있었던 것처럼.

"소리야. 나는 마침내 재앙을 사랑하게 될 때까지 재앙을 살았어. 그러니까 솔직히 이런 일이 놀랍지 않아."

검게 이지러진 허공에 시선을 고정한 채 은하가 희

미하게 웃었다.

"너도 곧 알게 될 거야. 우리는 결국 같은 악몽을 꾸고 있으니까."

*

불이 꺼진 수영장에 무거운 어둠이 내려앉았다. 은하와 나는 의식을 치르는 것처럼 수영장에 들어가 손을 잡았다.

이곳에 오기 전, 나는 인어를 유인하기 위해 수영장에 들어가자고 제안했다. 지난번의 상황을 재현할 뿐인, 다소 안일한 계획이었다. 다만 그리 특별한 행동을 하지 않아도 인어가 우리 앞에 나타나리라는 불가해한 확신이 있었다. 인어뿐만이 아니었다. 어느 순간을 기점으로 기이한 존재들은 우리 곁을 맴돌고 있었다. 마치 우리와 그들의 존재가 거미줄처럼 서로 연결되어 있기라도 하다는 듯이.

수영장의 검푸른 물빛이 점차 발밑으로 가라앉았다. 언젠가부터 우리는 까마득한 아래로 부드럽게 추락하고 있었다. 물은 몸을 받쳐주는 동시에 심연으로 끌어내렸다. 물속으로 추락하는 동안 우리는 자연스럽게 손을 놓았다. 검은 그림자를 닮은 물고기 떼가 비어 있는 손바닥을 간질였다.

"기다리고 있었어."

어느새 나타난 인어가 눈을 가늘게 접으며 웃었다. 나 자신의 얼굴이 한 번도 본 적 없는 표정을 짓는 것에 소름이 끼쳤다. 은하는 인어의 얼굴을 보고도 놀라지 않은 듯 무덤덤해 보였다.

"누구를?"

은하의 목소리가 물과 어둠 속에서 선명하게 울려 퍼졌다.

"너희, 둘 다."

"당신, 자신과 같은 존재를 만나고 싶지 않아요?"

인어의 얼굴을 바라보다 무심결에 물었다. 원래 이렇게 성급하게 물어볼 생각은 아니었지만, 어쩔 수 없었다. 내 얼굴을 가만히 마주 보는 것이 견디기 어려울 정도로 거북하고 메스꺼웠으니까. 조금이라도 빨리 대화를 끝내고 수면으로 올라가고 싶었다.

인어의 표정이 굳어졌다. 내가 말을 이었다.

"옥상에 당신과 같은 존재…… 그러니까 귀신이 있어요. 그 여자는 자신 같은 존재를 찾고 있다고 했고요. 만약 당신이 그 여자와 같은 마음이라면, 그래서 나가고 싶다고 한 거라면……."

인어가 웃음을 터뜨렸다. 인어의 입에서 터져 나온 기포가 검은 물을 뿌옇게 물들였다. 인어의 눈빛이 순식간에 날카로워졌다.

"옥상에 있다는 그게 뭐든, 무엇을 찾고 있든, 나와는 관계없는 일이야. 자아 탐구 놀이 같은 거, 나는 관심 없거든. 말했잖아. 난 나가고 싶을 뿐이라고."

"도와주면, 나갈 수 있기는 해?"

은하가 피식 웃으며 묻자, 인어가 은하에게 시선을 고정한 채 단호하게 말했다.

"그래. 나갈 수 있어. 네가 나를 뭐라고 생각하고 있든, 난 그것 이상의 존재니까. 먼저 깨어나기만 하면 충분히 가능해. 몸을 차지하기만 하면."

은하가 대답하지 않자 인어가 다급하게 속삭였다.

"그러니까 도와줘. 너도 그가 아닌 내가 나가기를 바

라고 있잖아. 나 혼자서는 안 돼. 아무리 나가려 해도, 벽에 막힌 것처럼 도저히 나갈 수가 없었어."

은하가 인어를 바라보는 시선은 어딘가 냉정해 보였다. 은하가 대답 없이 나를 향해 손을 뻗자, 인어가 다급하게 소리쳤다.

"도와줄 거지?"

어둠 속에서 유난히 짙게 가라앉은 눈동자로 은하가 인어를 잠시 바라보았다. 곧 은하가 나지막한 목소리로 말했다.

"네가 나를 돕는다면."

인어는 무언가 말을 덧붙이려는 듯 입을 달싹였지만 결국 아무 말도 하지 않은 채 물고기들을 향해 손짓했다. 검은 물고기들이 순식간에 우리에게서 떨어져나와 인어 쪽으로 헤엄쳐 갔다.

은하는 내 손을 잡고 함께 수면을 향해 헤엄쳤다. 검은 물고기들은 따라오지 않았다. 우리는 발밑의 검은 심연을 뒤로 하고 한없이 위로 올라갔다.

마침내 수면으로 떠올랐을 때, 나는 은하의 팔을 붙잡고 다급하게 숨을 들이마셨다. 곁에 은하가 있음에 안심했다. 예전이라면 생각도 하지 못했을 것이다. 당장이라도 곁에서 사라질 것만 같던 은하가 세상 무엇보다도 안정감을 줄 거라고는.

그러나 지금은 은하만이 나를 안심시키는 전부였다. 은하가 함께 있기에 나를 둘러싼 비현실적인 사건들은 현실이 될 수 있었다. 은하가 있기에, 나는 현실을 살 수 있었다. 우리가 귀신들의 세계에 함께 존재하기에, 나는 귀신이 아닐 수 있었다.

오직 너만이 나를 유령이 아닌 사람으로 만들어주는 존재였으므로.

*

어슴푸레한 어둠이 내려앉은 옥상은 적막하고 비밀스러웠다. 옥상 난간에는 길고 검은 머리를 가진 여자가 앉아 있었다. 아직 엷은 푸른빛을 띤 하늘 아래 희미하게 빛나는 여자는 비현실적으로 아름다웠지만, 어딘가 지루해 보였다.

"찾은 것 같아요."

"그래?"

스스로 듣기에도 들뜬 목소리였지만 여자는 크게 기대하지 않는다는 듯, 학교 밖 건물들의 풍경에서 눈을 떼지 않았다.

"그래요. 아직 데려올 순 없지만, 그래도 일단 당신과 비슷한 존재들을 만나기는 했어요."

"어디 있는지 알려줄까요?"

은하가 물었다.

"아니, 됐어."

"왜요?"

"그냥, 나와 같은 존재가 어딘가 있다는 걸 아는 것만으로도 충분해."

"만나고 싶지 않아요? 궁금한 건 더 없고요?"

여자가 기다리던 소식을 전했음에도, 여자는 조금도 기뻐 보이지 않았다. 의아하게 묻는 내게 여자가 희미하게 웃어 보였다. 어딘지 쓸쓸해 보이는 미소였다.

"그래. 나를 위해 노력해준 건 고맙지만, 뭐랄까, 더는 기대하고 싶지 않아. 난 여기 너무 오래 있었고 그만큼 지쳤거든. 이제는 뭔가를 더 원하고 실망할 힘도 없을 정도로. 사실 계속 후회했어. 너희한테 그런 이야기를 꺼내지 않았어야 한다고. 기다리고 실망하는 건 이제 지긋지긋하니까."

여자가 애써 화제를 돌리려는 듯 밝은 말투로 말을 이었다.

"그거 알아? 나 너희가 없는 동안 이상한 꿈을 꿨어."

여자가 계속해서 말을 이었다.

"꿈속에서 난 옥상에 앉아 있었어. 정확히 여기, 이 자리였지. 그런데 평소와 다른 점이 있었어. 꿈을 꾸는 동안 난 마음만 먹으면 얼마든지 여기에서 벗어날 수 있다는 걸 알고 있었거든. 난간에서 뛰어내리기만 하면, 고통도 상처도 없이 여기서 나갈 수 있다는 걸 말이야."

여자가 은하와 나를 번갈아 바라보며 말을 이었다.

"근데 난 뛰어내리지 않았어. 이해돼? 뛰어내리기만 하면 이 지긋지긋한 옥상에서 나가 어디든, 정말 어디든 갈 수 있었을 텐데. 드디어 자유로워질 수 있을 텐데. 그런데 난 그렇게 하지 않았어. 왜인지는 몰라. 그저 시간이 지날수록 색이 변해가는 하늘을 계속 바라보다가 꿈에서 깨어났을 뿐이야. 깨어 있을 때와 조금도 다를 것 없이."

"슬픈 이야기네요."

"그런가? 사실 슬펐는지 기뻤는지는 기억나지 않아. 어쩌면 그 꿈을 처음 꾼 게 아닌지도 모른다는 생각이 들기도 해. 사실 요즈음에는 그것 말고도 너무 많은 꿈을 꾸고 있으니까."

여자는 몽롱한 시선으로 하늘을 바라보며 말을 이었다.

"하염없이 이어지는 꿈들 속에서 나는 끔찍한 살인자이기도 하고 동시에 피해자이기도 해. 난 하얀 새를 뜯어먹는 고양이고 고양이에게 뜯어먹히는 하얀 새야. 하얀 새의 눈동지에 담긴 하늘이고 그 하늘에 묻어 있는 비행운이야."

"지금도 꿈을 꾸고 있는 것처럼 말하네요."

"맞아. 사실은 한 번도 꿈에서 깨어나 본 적이 없는지도 모르지."

어느새 옅은 핏빛으로 변한 하늘이 지면으로 가라앉고 있었다.

유달리 새까만 여자의 눈동자가 부드럽게 일렁였다. 나는 여자의 눈동자를 한동안 지켜보았다. 파도가 발치까지 밀려오는 것을 멍하니 바라보는 것처럼.

  문득 이상한 생각이 들었다. 여자의 존재 자체가 누군가의 끝나지 않은 악몽일지도 모른다는 생각. 아니, 어쩌면 모두가 서로의 악몽일지도 몰랐다. 지금도 우리는 그 악몽 속에서 살아가고 있는지도. 서로를 만나고 서로를 이해하게 된 순간, 완전히 서로에게 예속되어버리고 말았는지도. 그래서 더는 악몽에서 깨어날 수 없을지도.

  다만 확신할 수 있는 것은, 내가 이 악몽을 사랑하고 있다는 사실이었다. 영원히 깨어나지 못한다고 해도 상관없을 정도로.

  붉은빛으로 젖은 은하의 옆얼굴을, 나는 처음으로 거울을 보는 사람처럼 바라보았다. 지금 우리의 얼굴은 같은 빛으로 젖어 있을 것이었다. 어린 시절 아이들이 서로를 위한 마음을 맹세하려 손가락에 묻히고는 하던 붉은 핏방울의 색으로. 같은 마음과 비밀의 색으로.

  그렇게 믿고 싶었다.

　수연은 여전히 체육관 창고에 웅크려 앉아 있었다. 어둠 속에서 두 개의 눈동자가 가로등 불빛처럼 형형하게 빛났다.

　은하가 수연에게 친구들이 왔냐고 물었다. 수연이 지친 듯한 목소리로 대꾸했다.

　"아니. 너무 걱정하지는 마. 너한테 피해 끼치는 일은 없을 테니까."

　"왜 그런 말을 해? 우리는 너를 도우러 온 건데."

　"너, 모르는 거야? 아니면 모르는 척하는 거야?"

　수연이 나를 물끄러미 바라보다 웃음을 터뜨렸다.

　"정말 아무것도 모르는구나? 그럼 너, 나는 뭐라고 생각하고 있었어? 귀신이라고 생각하기라도 하나?"

　내가 대답하지 못하자 어느새 웃음기를 거둔 수연이 말을 이었다. 피로해 보이는 얼굴이었다.

　"네가 뭐라고 생각하든 상관없어. 그냥 날 내버려둬. 난 그 애들을 기다리고 있을 뿐이니까."

　"기다려도, 결국 오지 않으면?"

은하가 물었다.

"올 거야."

"안 올 수도 있잖아."

은하가 집요하게 추궁했다.

수연이 은하를 똑바로 바라보며 입을 열었다.

"올 거야. 그렇게 믿지 않으면, 믿는 척이라도 하지 않으면 어떻게 견딜 수 있겠어?"

"언제까지 믿을 건데?"

"그 애들이 약속을 지킬 때까지."

수연이 고집스럽게 대답했다.

"그 애들은 약속을 지키지 않을 거야."

은하가 어둠 속에서 한 발자국을 내디뎠다.

"그 애들은 머지않아 너를 잊을 거야. 그리고 두 번 다시 돌아오지 않을 거야. 널 이곳에 가둔 주제에, 아무 일도 저지른 적 없는 것처럼."

수연은 말없이 은하의 얼굴을 한참 바라보았다.

"그럼에도 네가 그 애들을 잊을 수 없다는 걸 알아. 네가 뭘 잃어버렸는지 뼈저리게 깨닫고 난 뒤에도 그럴 수밖에는 없다는 걸. 도저히, 빠져나갈 수가 없다는 걸."

"알면서도, 나를 데리러 온 거야?"

수연이 은하를 물끄러미 바라보며 중얼거렸다. 은하의 존재를 이제 처음으로 발견하기라도 한 것처럼.

"너, 정말 나를 구하러 왔구나."

은하가 체념처럼 미소 지으며 대답했다.

"나도 구해지고 싶었으니까."

*

부드러운 햇살이 뺨을 진득한 온기로 적셨다. 나른함이 밀려와 천천히 눈을 깜빡였다. 곁에 앉은 은하가 단정한 글씨로 필기하는 모습을 멍하니 지켜보다가, 물에 젖은 얇은 천 같은 평온함 속에서 서서히 잠들었다.

수업이 모두 끝나자마자 은하가 나를 깨웠다. 우리는 약속이라도 한 듯 수영장으로 향했다. 희미한 푸른색으로 빛나는 물속에 발목을 집어넣을 때까지만 해도, 무슨 일이 일어날지 짐작조차 할 수 없었다. 수영장의 물이 깊은 물빛에서 밝은 형광빛으로, 마침내는 선연한 핏빛으로 변하는 동안에도 우리에게 일어날 일은 형체를 갖추지 못한 채 어렴풋한 예감만으로 부유하고 있었다.

정신을 차렸을 때는 이미 물속 깊이 빨려 들어가고 있었다. 실수로 삼킨 물에서 진한 피비린내가 났다. 무엇인가 잘못되었다는 생각이 들었지만, 할 수 있는 일은 없었다.

나는 무겁게 느껴지는 물속에서 간신히 은하를 향해 손을 뻗었다. 소용돌이치는 붉은 물이 손등을 찢어놓을 듯 날카롭게 베어 내려도 아랑곳하지 않고 은하의 손을 맞잡았다. 은하의 표정은 짙은 핏빛에 가려 보이지 않았다. 어떤 얼굴을 하고 있든, 손을 놓을 생각은 없었다. 망각처럼 어두운 이곳에서, 은하는 유일하게 빛나는 것이었으니까.

영원처럼 침잠하는 물속에서 인어를 발견한 순간에도 나는 은하의 손을 잡고 있었다. 오히려 은하의 손을 더 세게 움켜쥐며 눈앞의 낯선 생물을 바라보았다. 인어는 말 그대로 당장이라도 무너져내릴 것만 같았다. 피부는 사라질 것처럼 희미했고 상체는 형체가 무너져

물처럼 흘러내리고 있었다. 힘겹게 뜨인 눈이 나를 향했다. 비명을 지르고 싶었지만 아무런 말도 나오지 않았다. 비릿한 쇠 맛이 나는 육중한 물이 기다렸다는 듯 입속으로 밀려 들어올 뿐이었다.

인어의 빛없이 검은 눈이 내게서 떨어져 은하를 향했다.

"도와줘."

인어가 은하에게 시선을 고정한 채 절박한 목소리로 속삭였다.

"약속했잖아. 여기서 꺼내주기로."

나는 그저 인어의 얼굴을 멍하니 바라볼 뿐이었다. 두려움과 절망으로 일그러진, 나 자신의 얼굴을. 내 죽음을 직접 목격하고 있는 것만 같았다. 아주 이상한 기분이었다. 가슴이 저밀 만큼 슬펐고, 그만큼 기쁘기도 했다. 마치 오래전부터 눈앞의 장면을 기다려왔던 것처럼.

사실 나는 마지막 순간, 누군가가 이렇게 내 곁에 있어 주기를 바라왔던 것일지도 몰랐다. 이렇게 가만히 나의 마지막을 지켜보던 그가, 마침내 나를 외로움으로부터 구해주기만을 기다렸던 것일지도.

나는 무심코 은하를 향해 시선을 돌렸다. 가슴이 조여들었다. 무딘 칼날이 마음 안쪽을 부드럽게 헤집는 것 같은 기분이었다. 인어가 죽으면, 너는 슬퍼할까? 내가 죽으면, 너는……

순간 힘이 풀리자 은하가 내 손을 냉정하게 뿌리쳤다. 은하는 뒤도 돌아보지 않고 인어 쪽으로 헤엄쳐 갔다. 부드럽고 자연스러운 동작이었다.

인어 바로 근처까지 다가간 뒤, 은하가 인어의 귓가에 무엇인가를 속삭였다. 입맞춤하듯 가까워진 얼굴 위로 부드러운 기포가 흘러나왔다.

인어의 눈이 순간 멍해졌다. 잠시 뒤 초점이 돌아온 눈동자가 살피는 듯한 시선으로 나를 보았다. 어딘지 망설이는 듯한 얼굴이었다. 그러나 곧 잠깐의 망설임이 씻겨나가기라도 한 것처럼, 인어가 단호하게 고개를 끄덕였다.

인어는 다짐하듯 몇 번이나 속삭였다. 정확하게 들리진 않지만 이렇게 속삭이는 것 같았다. 그렇게 할게, 그렇게 할게……. 속삭임이 계속될수록 희미하게 무너져내렸던 인어의 뼈대와 피부가 거꾸로 재생된 영화처럼 빠르게 제자리를 찾아갔다.

"무슨 일이에요? 당신 방금……."

"죽을 뻔했다고?"

내 물음에 인어가 비뚤게 웃으며 대꾸했다.

"너희가 오지 않았다면, 정말 그랬을지도 모르지. 난 불완전한 존재니까."

이상하게도 인어의 말에서 원망이 묻어나는 것 같았다. 내가 의아하게 되물었다.

"불완전하다고요?"

"나는 너와는 달리 이 세계에서 필연이 아니라는 말이야. 우연히 태어난 부산물 같은 존재일 뿐이지. 우연히 태어난 만큼, 어느 날 우연히 사라질 수 있는."

인어가 눈치를 보듯 은하를 힐긋 본 뒤, 나를 향해 말을 이었다.

"더는 묻지 마. 네가 내게 중요한 존재인 건 사실이지만, 목숨을 걸 정도는 아니니까."

알 수 없는 말로 얼버무리는 것만 같아 불쾌했다. 아니, 사실 방금의 의미심장한 말은 아무래도 좋았다. 진짜 묻고 싶은 것은 따로 있었다. 조금 전 은하가 인어에게 비밀스럽게 속삭인 말이 뭔지 궁금했다. 둘이 공유하는 모종의 비밀이 있는 것만 같아서, 불안했다.

내가 입을 열기 전, 은하가 먼저 말을 꺼냈다.

"돌아가자."

은하가 나를 향해 헤엄쳐 오는 동안, 인어는 나를 한참 물끄러미 바라보고 있었다.

검은 물고기 떼에 둘러싸인 채 수면을 향해 나아가는 동안 나는 마지막으로 보았던 인어의 얼굴을 떠올렸다. 인어의 창백한 얼굴은 기이한 빛을 띠고 있었다. 무엇인가를 체념한 얼굴 같기도, 기대하는 얼굴 같기도 했다.

수면에 다다라 인어가 시야에서 보이지 않을 때까지, 나는 인어가 있던 심연을 계속해서 힐긋거렸다. 알 수 없는 불안감에 숨이 잘 쉬어지지 않았다.

수영장 풀에서 나선 뒤, 은하와 함께 샤워실에 들어갔다. 우리는 나란히 선 채 투명한 물살을 맞으며 비릿한 핏물을 씻어냈다. 물과 섞인 옅은 붉은색이 배수구로 밀려 들어갔다. 한 차례 물을 흘려보낸 뒤에도 샤워실 안에는 채 씻겨 내려가지 않은 피 냄새가 남아 있었다.

은하의 몸은 샤워실의 창백한 조명 아래에서 하얗게 빛났다. 은하의 창백하고 물기 어린 피부가 어딘지 위태롭게 느껴져서 가슴이 저렸다. 희미한 기억 속에서, 지금과 비슷한 방식으로 은하를 바라본 적이 있었던 것 같았다.

나는 천천히 시선을 올려 은하의 눈동자에서 흐릿한 반영을 확인했다. 이 순간이 지나도 은하의 눈동자에서 내 흔적을 찾을 수 있기를 바라면서. 어쩌면 지금 은하도 같은 이유로 나를 집요하게 바라보고 있을지도 모른다는 생각이 들었다.

내가 조용히 속삭였다.

"너를 만나서 다행이라고 생각해. 언젠가 그 사실을 후회하게 된다고 해도, 아니, 이미 후회하고 있다고 해도 상관없을 정도로."

무심결에 새어 나온 말은 분명한 진심이었다. 사실 얼마 전만 해도 마음속 깊은 곳에서 은하를 원망하고 있었다. 은하를 만나지 않았다면, 귀신들의 세계와 마주치지 않았다면 이런 고통은 느끼지 않았을 테니까. 아무도 사랑하지 않았다면, 사랑받지 못하는 것이 이렇게 절망적이지는 않았을 테니까.

  그러나 처음 만나던 날, 은하가 망설임 없이 나를 향해 걸어오던 순간을 잊을 수 없었다. 내 이름을 부르던 부드럽고 선명한 목소리를. 옥상에서 함께 하늘을 바라보던 너의 밝은 눈을, 나비의 날개를 건네던 너의 손을, 물에 젖어 부드럽게 빛나는 피부를, 포기할 수 없었다. 너의 곁에서 너를 기대하고 아파하며 살아가는 삶을 사랑할 수밖에 없었다. 그 찰나의 다정함이 얼마나 깊은 상처를 남길지 알고 있으면서도.

  물기가 말라 몸이 차갑게 식어갈 때까지, 수영장 샤워실의 습하고 초라한 공간에 두 쌍의 시선만이 남을 때까지, 나는 너를, 너는 나를 바라보았다. 우리의 존재가 현실이라는 것을 서로의 집요한 시선으로 입증해주듯이. 반짝이는 엷은 표면 위에 상대를 붙들어두려는 몸부림이 성공하면, 당장이라도 사라져버릴 것만 같은 무엇인가를 영원히 붙들어놓을 수 있다는 듯이.

그런 바람은 옅은 흰빛의 부드러운 포말처럼, 악몽이 깨어지는 순간 흩어져버릴지도 모른다는 생각을 애써 무시한 채로.

*

옥상에서 바라본 하늘은 푸른 빛을 띤 수조 같았다. 수조의 안쪽에는 내가, 바깥쪽에는 은하가 있었다. 언제나 그랬다. 샤워장에서처럼 피부를 맞닿을 듯 가까워졌다고 느끼는 순간에도, 돌이켜보면 우리 사이에는 언제나 얇고 투명한 벽이 있었다.

나는 난간 앞에 선 은하의 뒷모습을 흘깃 바라보며 생각했다. 견고한 벽을 만든 것은 내가 아닌 너라고. 항상, 너였다고.

은하의 무결한 미소와 목소리에는 언제나 알 수 없는 신비로움과 성숙함이 배어 있었다. 그 완벽하게 벼려진 날은 내 미성숙한 살갗을 고통스럽게 파고들어 왔다. 나는 은하의 완벽함을 사랑했지만 동시에 그 완벽함이 깨지기를, 그래서 네가 나와 같아지기를 간절히 원했다. 내가 너를 생각하는 것처럼, 너 역시 나를 생각하기를. 내가 너를 필요로 하는 것처럼, 너 역시 그렇게 나를 필요로 하기를. 그 갈망의 무게 때문에 어디로도 날아갈 수 없게 되어버리기를. 그러나 은하의 나지막한 목소리는 아무런 갈망도 결핍도 없는 것처럼 완벽하기만 했다.

  언제부터 이런 것을 바라게 되어버린 것일까? 은하가 나를 외면했을 때부터? 아니면 구했을 때부터? 어쩌면 처음부터 이렇게 될 것을 예감했는지도 몰랐다. 투명한 갈색 눈을 처음 마주 보던 찰나, 가슴을 부드럽게 스쳐 가던 감각이 모든 것을 말해주고 있었는지도. 감당할 수 없는 강한 애정과 미움은 그렇게 예기치 못한 방식으로 불쑥 찾아와 스며든다는 것을, 나는 너로 인해 처음 알게 되었다.

"너희를 보면 이상한 기분이 들어."

"어떤 기분이요?"

  여자의 갑작스러운 말에 내가 되물었다. 여자가 잠시 머뭇거리다 속삭였다.

"슬퍼."

"슬프다고요?"

"가끔은 밉기도 하고, 가끔은 그립기도 해. 그런데 무엇보다도…… 슬퍼."

"왜요?"

"나도 모르겠어. 어쩌면 꿈 때문인지도 몰라."

"꿈이라고요?"

"말했잖아. 나도 꿈을 꾼다고. 꿈속에서 나는 가해자이기도, 피해자이기도 하다고. 그 꿈속에서 나는……"

"더 말할 필요 없어요."

여자의 말을 끊으며 은하가 말을 이었다.

"괜찮아요. 당신이 무슨 꿈을 꿨든, 거기서 무엇을 느꼈든, 그건 당신 잘못이 아니니까."

은하의 부드러운 목소리는 망각처럼 깊었다. 언젠가 한밤의 균열 속으로 사라져버릴 것처럼 위태롭기도 했다.

"내가 진작 너희를 만났다면, 너희를 도울 수 있었을까?"

옥상 여자의 물음에 은하가 고개를 저었다.

"그랬다면 당신은 여기 있지도 않았을걸요."

"지금 무슨 말을 하는 거야?"

내가 얼굴을 찡그리며 물었다. 언젠가부터 은하와 귀신들의 대화에서 배제되는 듯한 느낌이 들었다. 모두가 알고 있는 비밀을 나만 모르는 듯한 느낌. 그런 소외감을 더는 참아내기 어려웠다.

여자가 어렴풋한 미소를 지으며 대답했다

"내가 말하지 않아도 곧 알게 될 거야. 결국 다가올 일들을 감당해야 하는 건 너희니까."

나는 아무 말도 하지 못한 채 여자를 바라볼 수밖에 없었다. 이유는 알 수 없었지만, 견딜 수 없을 정도로 불안했다.

결국 나는 은하와 여자를 피해 뒤돌아섰다. 옥상 문을 연 뒤, 나는 무언가에 이끌리듯 다시 뒤를 돌아보았다. 은하는 여자에게 무언인가를 진지하게 속삭이고 있었다. 여자는 은하의 말을 듣고 생각에 잠긴 듯 어두운 얼굴을 했다. 순간 옥상 여자의 서글픈 눈빛이 나를 향했다. 피하듯 서둘러 옥상 문을 닫고 계단을 내려오면서, 나는 그 눈빛을 계속해서 떠올렸다. 그러면서 생각했다.

무엇인가 변하려 하는 것만 같다고. 아니, 이미 변해

버렸는지도 모른다고.

*

"이걸로 된 거지?"

내가 떨리는 목소리로 물었다.

날카로운 칼날이 네 목을 향했다. 너는 무표정하게 나를 바라보고 있었다. 커터 칼날이 너의 흰 피부를 찢어내며 핏자국을 남겼다. 붉은 핏방울이 가느다란 목을 타고 흘러내렸다. 손끝에 얼어붙을 듯 찬 공기가 와닿았다. 커터칼을 움켜쥔 오른손이 저려 왔다. 손끝이 감전된 것처럼 울려대는 감각이 끔찍할 정도로 생경했다. 손 마디가 아릴 정도로 힘이 들어갔다.

그리고 반짝이는 칼날이 흰 살갗에 내리꽂히는 순간, 세계가 순식간에 사라졌다.

그때 나는 이미 알고 있었는지도 몰랐다. 사라진 모든 것은 사실은 부드러운 물속에 가라앉아 보이지 않을 뿐이라는 걸. 숨겨져 있던 기억이 언젠가 나를 모래처럼 창백한 진실 속에 깊이 묻으리라는 걸.

심연처럼 깊은 물의 끝에 다다를 때, 결국은 알게 될 수밖에 없는 비밀들이 있다는 걸.

*

그날의 마지막 수업이었다. 나는 비스듬한 햇빛을 받으며 교과서 한쪽 끝을 무의미하게 접었다 펴기를 반복하는 중이었다.

칠판 앞에 선 교사는 평소와 달리 몽롱한 눈으로 허공을 바라보고 있었다. 잠에 취한 것 같은 모습이었다. 교사가 스쳐 가듯 나지막한 목소리로 말했다.

"여러분에게도 언젠가는 결정적인 순간이 찾아올 겁니다. 그때 여러분이 경험할 일은, 지금보다 더욱 복잡한 미로일 테죠."

"결정적인 순간이 뭔가요?"

은하가 갑작스럽게 물었다.

전학 첫날의 짧은 자기소개 이후에는 교실 안에 조용히 앉아 있기만 하던 은하였다. 그런 은하가 목소리를 내자 교실 안에 미세하게 흐르던 소곤거림조차 사라졌다. 정적 속에서 아이들은 생경한 눈으로 은하를 바라보았다. 순식간에 바로 옆자리를 향해 꽂혀오는 시선들에, 나는 몸을 굳혔다.

교사가 환하게 미소 지었다.

"죽음이죠."

교사의 속삭임은 교실의 적막 속에서 한밤의 촛불처럼 또렷하게 빛났다.

수업이 끝나고 은하와 함께 계단을 내려가는 동안, 문득 은하를 바라보던 아이들의 눈빛이 떠올랐다. 교사에게 대답하던 순간, 아이들은 분명히 은하를 경계하고 있었다. 그때 깨달았다. 은하는 나만큼이나 이 반에서 외부인이라는 것을.

지민은 은하를 조심하라고 말했지만, 그럴 필요는 없었을지도 몰랐다. 은하는 전학 온 뒤부터 한결같이 내 곁에 머물러 있었다. 다른 아이들에게는 관심조차 없이.

물론 은하가 언제 내게서 떠날지는 알 수 없었다. 여전히 불안한 것도 사실이었다. 그러나 적어도 지금 우리는 같은 비밀을 가지고 있었다. 만약 반의 다른 누구도 우리의 비밀을 알지 못한다면, 은하에게도 내가 비밀을 공유하는 유일한 존재일 것이었다. 내게 은하가 유일한 것과 마찬가지로. 결국 은하 역시 나처럼 같은 악몽을 꿈꾸어줄 친구를 기다리고 있었을지도 몰랐다.

얼굴이 보이지 않게 고개를 숙인 채, 나는 조심스레 미소 지었다. 애틋했다. 그리고 기뻤다. 네가 나만큼이나 혼자라는 사실이.

*

운동장으로 나가자 체육관 창고의 모습이 눈에 들어왔다. 창고 문은 활짝 열려 있었다. 나는 익숙하게 은하를 따라 창고 안으로 들어섰다. 창고 안 희미한 어둠 속에 수연이 양 무릎을 팔로 감싸 안은 채 웅크려 앉아 있었다.

"그 애들, 왔어?"

"어떨 것 같은데?"

수연이 고개를 들어 나를 올려다보았다.

"그래. 왔어."

"그럼 왜 아직도 여기 있어?"

"왜겠어?"

수연의 얼굴은 울 것처럼 일그러져 있었다. 그러나 고동색 눈은 물기 없이 건조했다.

"내가 여기 있기를, 걔네가 원했으니까. 그 애들과 함께 나가려고 하니까 그 애들이 나를 다시 밀어 넣으면서 말했어. 내 자리는 여기라고."

"뭐? 어떻게 그렇게 잔인할 수 있어?"

내가 놀라 되물었다.

"그래도 그 애들은 나한테 미안하다고 했어. 엉엉 울면서 몇 번이나. 미안하다고, 용서해달라고, 잘못했다고, 그러니까 제발 여기서 나오지 말라고 빌기까지 했다니까."

수연이 무덤덤하게 말을 이었다.

"그거 알아? 난 걔네를 사랑했어. 걔네가 여기 돌아온 걸 보고 얼마나 행복했는지 너희는 상상도 할 수 없을 거야. 그걸로 됐다고 생각했지. 여기서 기다리면서 느꼈던 절망도, 고통도 전부 지나간 거라고."

수연의 눈빛이 깊게 가라앉았다.

"그런데 걔네가 사과한 순간, 그 애들은 더이상 내가 기다리던 사람이 될 수 없었어. 그 애들이 진심으로 울고 있는 것 같았기 때문에 더."

"그 사과가 진심이 아닐까 봐 두려웠어? 아니면······ 진심일까 봐 무서웠던 거야?"

내 조심스러운 물음에 수연이 픽 웃으며 대답했다.

"사과가 진심이었든 아니든, 그런 건 아무래도 좋아. 문제는 그 사과가 너무 진심 '같았다'는 거지. 지금까지 그 애들이 나한테 보여주었던 애정과는 비교도 되지 않을 정도로. 그래서 알아버릴 수밖에 없었어. 그 애들이 한 번도 나를 진심으로 사랑한 적이 없다는 걸. 내가 진짜라고 믿고 싶었던 것들이 한 번도 진짜인 적이 없다는 것도."

수연이 한숨을 내쉬듯 말을 이었다.

"한 마디로 걔네가 나와는 전혀 다른 존재라는 걸 이제 와서 진정으로 깨달았다는 거야. 바보 같지?"

"그런데 왜 여기서 나가지 않아?"

"나가면, 뭐가 달라지는데?"

잠시 말을 멈추고 나를 바라보던 수연이 다시 입을 열었다.

"내가 왜 여기서 그 애들을 기다렸는지 알아?"

"그 애들에게 확인하고 싶은 게 있다고 하지 않았어?"

내 물음에 수연이 쓰게 웃었다.

"그렇지. 그런데 그게 전부는 아니었어."

"그럼 왜 나가지 않았는데?"

"나가도 달라질 게 없으니까. 아니, 나가면 기다릴 것조차 없으니까."

수연이 말을 이었다.

"이제 그 애들조차 기다릴 수 없으니, 정말 아무런 차이도 없이. 나가든, 나가지 않든."

"너 같은 사람을 알아."

은하가 수연을 물끄러미 바라보았다.

"그 사람도 그랬지. 밖에 나가도 달라질 게 없다고. 아니, 바깥이 더 끔찍하다고."

"그 사람은 지금 어디에 있는데?"

은하가 부드럽게 웃었다.

"그 사람이 어디에 있든, 신경 쓸 필요 없어. 너는 그 사람과 전혀 다르고, 다른 결말을 맞이할 테니까. 너, 그 애들에게 배신당하고도 그 애들을 해칠 생각 같은 건 하지 않았잖아?"

"그 사람은 달랐어? 너를 해쳤어?"

수연의 물음이 끝나자 창고 안에 알 수 없는 긴장감이 번져나갔다. 숨이 잘 쉬어지지 않을 정도였.

한참이 지난 뒤에야 은하가 입을 열었다.

"나가자, 수연아. 정말 여기에 갇혀버리기 전에. 그 사람처럼 되어버리기 전에. 이 끔찍한 장소를 끝없이 저주하고 사랑하게 되어버리지 않게."

수연이 은하를 올려다보며 힘없이 웃어 보였다.

"무고한 사람을 희생시키고 싶지 않은 거지? 그 사람과 똑같아지고 싶지 않아서."

"그래. 그럴지도 모르지."

은하가 한동안 수연을 살피듯 바라보다 말을 이었다.

"갈게. 여기서 나갈 마음이 들면, 날 찾아와. 너무 늦기 전에."

수연은 대답하지 않았다. 당장이라도 부서질 듯 희

미한 어둠 속에 묵묵히 앉아 있을 뿐이었다.

수연의 맞은편, 같은 채도의 어둠 속에 서 있는 은하 역시 어딘지 위태로워 보였다. 마치 자신의 가장 초라한 두려움을 정면으로 바라보고 있는 사람처럼.

문득 은하를 끌어안고 싶다는 생각이 들었다. 두 팔로 은하의 여린 어깨를 감싸 안은 채, 말해주고 싶었다. 네가 무엇을 두려워하는지 모르겠지만, 네가 두려운 만큼 나 역시 두렵다고. 외롭다고. 하지만 네 옆에서 느끼는 외로움이 싫지만은 않다고. 너 역시 여기 남아 나와 같이 외롭기를 바란다고.

나와 함께하는 외로움이 다정함만큼이나 부드러운 온기로 느껴지기를, 지금은 오직 그것만을 간절히 바라고 있다고.

*

'그래. 그런 착각이나 하면서 얌전히 있어. 방해하지 말고.'

"왜 그래?"

"아니야, 무슨 소리가 들린 것 같아서. 착각이었나 봐."

머릿속에서 울리는 익숙한 목소리에 고개를 돌려 교실을 살펴보다가 얼버무렸다. 체육관 창고에서 돌아온 뒤, 교실엔 나와 은하 외에 아무도 없었다. 그러나 착각이라고 하기에 목소리는 지나치게 선명했다. 목소리의 주인이 누구인지 한 번에 알아차릴 수밖에 없을 정도로. 나와 거울처럼 닮았으면서도 부연 입김처럼 악의가 서려 있는 목소리.

인어의 목소리였다.

'나를 원망하지 마. 전부 네가 자초한 일이니까.'

인어의 목소리는 어느새 깊은 곳까지 들어와 있었다. 돌이킬 수 없을 정도로 깊고 치명적인 곳까지, 목소리는 내 온몸을 관통하고 있었다.

머리가 시끄럽게 울려대는 느낌에 눈이 찌푸려졌다. 머릿속을 난도질하는 고통과 함께 눈앞의 네가 점점 흐려졌다. 동시에 온몸에 소름이 끼쳤다. 서늘한 손이 머릿속을 주물럭거리는 것 같았다. 날카로운 칼날이 머리와 가슴을 온통 헤집어내는 듯한 기분. 무자비한 손이 내장을 움켜쥐었다 놓기를 반복하는 것만 같았다. 끔찍하게 차갑고 뜨거운 것이 몸속에서 퍼져나갔다. 기억나지 않는 무언가가 너무나 애틋하고 안타까워서 온몸이 저며지는 것 같았다.

문득 파도의 하얀 거품을 닮은 엷고 투명한 생각들이 밀려왔다. 부유감 속에서 부드럽지만 선연한 예감이 느껴졌다. 지금은 감당할 수 없는 기억도 언젠가는 받아들이게 될 것이라는 예감. 기억은 점차 부드럽게 닳아 더는 깊이 베어내지 않을 것이며, 다만 차라리 다정함을 닮은 흐릿한 아픔으로 몇 번이고 다시 돌아올 것이라는, 그런 예감.

혼자라고 느낄 때마다 그 고통이 함께 있을 것이라고, 부드러운 포말들은 속삭이고 있었다. 고통은 나를 세상에서 가장 외로운 존재로 만들 것이라고. 그러나 동시에 그 고통으로 인해 외로움을 함께 나누었던 사람이 있었다는 것을 기억할 수 있을 거라고. 나를 외롭게 만드는 사람에게 나 역시 외로움을 건넬 수 있었다는 사실을, 언젠가 경탄과 슬픔 속에서 떠올리게 될 거라고. 외로움을 주고받을 수 있었던 우리는 어쩌면 서로에게 주었던, 그리고 서로에게 받았던 외로움 때문에 외롭지 않았을지도 모른다는 사실을.

 절망적인 고통이 가슴을 난도질했다. 얼굴이 온통 눈물로 젖어가는 것을 느낄 수 있었다. 지금 몸을 차지하고 내부를 헤집어대는 누군가도 눈물이 흐르는 것만은 막을 수 없는 것 같았다.

 나는 제발 그만하라고 마음속으로 비명을 질러댔다. 몸이 생각대로 움직이기만 했다면, 갈라질 대로 갈라진 목에서 쇠 맛이 나는 피를 토해냈을 것이다. 그러나 지금 내 몸은 작은 신음조차 없이 앞으로 걸어가고 있을 뿐이었다.

 순간 머리부터 손발까지 전류가 흐르는 듯 온몸이 저려 왔다. 자신의 몸이 책상 안에서 커터칼을 꺼내어 드는 것을, 나는 무력하게 지켜볼 수밖에 없었다. 새까만 구덩이에 빠진 채 허우적거리고 있는 것 같았다. 몸은 계속해서 내 의지와는 무관한 방향으로 움직였다.

 은하는 나를 무표정하게 바라보고 있었다. 지금부터 내가 하려는 일 같은 것은 자신과 아무런 상관도 없다는 듯이.

나는 커터칼을 들어 올린 채, 은하를 향해 걸어갔다. 그리고 떨리는 입술로 미소 지으며 물었다.

"이걸로 된 거지? 이렇게 하면…… 나가게 해주는 거지?"

은하는 대답하지 않았다.

나는 은하에게 한 걸음 더 다가갔다. 한 걸음, 한 걸음, 다시 한 걸음. 은하와 가까워지는 것이 이토록 두려운 것은 처음이었다. 내가 나의 내면에서 미친 듯이 비명을 질러대도 교실 안은 적막할 뿐이었다.

은하의 목 위에 내 오른손이 다가갔다. 커터칼을 쥔 손이.

커터칼의 예리한 날이 드르륵, 하는 소리와 함께 길게 뽑혀 나왔다. 날은 은하의 희고 가는 목을 향해 있었다.

안 돼. 나는 내 몸 깊숙한 곳에 갇힌 채 몸부림을 쳤다. 그러나 몸은 조금도 동요하지 않았다. 몸은 내 의지에 따르는 것을 단호하게 거부하고 있었다. 연결 단자가 끊어진 채 폭주하는 로봇의 조종실에 앉아 있는 것 같았다. 나는 몸속 투명한 수조에 갇힌 채 무력하게 발을 구르며 울부짖었다. 끔찍한 비명이 내면에서 날카롭게 울리는 동안, 시간이 마비된 것처럼 둔중하게 지나갔다.

정신을 차렸을 때, 손을 적신 뜨거운 액체가 언제, 어디에서 나온 것인지 이해할 수 없었다. 이해하고 싶지 않았다.

너무 갑작스러웠다. 진심으로 이런 끝을 바란 적은 없었다. 아직 너에게 해야 할 말이, 들어야만 하는 말이 있었다. 내 손을 적신 뜨겁고 축축한 것이 너라는 것을 믿고 싶지 않았다. 아니, 믿을 수 없었다. 순식간에 의식이 흐려졌다. 더는 아무것도 볼 수도, 느낄 수도 없었다.

그렇게 시작되었다. 네가 나를 망가뜨리기 위해 준비한 악몽이.

2장

악몽

나는 귀신을 볼 줄 안다. 처음부터 그런 것은 아니었다. 원래 나는 그럭저럭 평범한 중학생이었다. 기분이 좋은 날에는 흥얼거리며 거리를 걷기도 했고, 갑작스럽게 모든 것에 질려버리면 책상에 엎드린 채 시간이 흐릿하게 사라지기만을 바라기도 했다. 뚜렷한 목표나 희망도, 절망이나 불행도 없는 날들의 집합. 내게는 그것이 삶이었다. 거창할 것도 끔찍할 것도 없는.

문제는 꿈이었다. 이전에는 꿈이 현실에 영향을 미칠 수 있다고는 생각해 본 적이 없었다. 꿈이 현실을 위협할 수 있다고는, 단 한 번도.

나는 원래 악몽을 자주 꾸는 편이었기 때문에 꿈속

위험을 즐기기까지 했다. 살인자에게 따라잡혀 살해당해도 꿈 밖에서는 아무 일도 일어나지 않는다는 것을 너무 잘 알고 있었기 때문이다. 그랬기에 꿈이 얼마나 현실과 밀접하게 얽혀 있는지, 꿈속에서의 사건이 현실에 얼마나 치명적인 영향을 줄 수 있는지, 단 한 번도 진지하게 고민해 본 적이 없었다.

그러나 여자의 꿈이, 그 한 번의 입맞춤이 모든 것을 바꾸어 놓았다.

여자는 시야 끝에 어슴푸레하게 비치는 작은 얼룩처럼 등장했다. 처음 꾼 꿈에서, 여자는 그저 하얗고 희미한 그림자로밖에는 보이지 않았다. 그러나 매일 꿈을 꾸는 동안 여자는 천천히, 그러나 분명하게 가까워졌다. 밤과 밤이 흘러가는 동안 여자의 가녀린 몸이 가까워졌고 얼굴 윤곽이 드러났다.

마침내 여자의 얼굴이 어둠 속에서 선명하게 드러났을 때, 여자는 미소 짓고 있었다. 아름답지만 어딘지 서글퍼 보이는 미소였다.

여자의 갈색 눈동자에 내 반영이 비추어질 정도로 가까웠지만, 조금도 두렵지 않았다. 오히려 그립고 애틋했다. 오래전에 잃어버린 것을, 정확히는 기억나지 않지만 너무나 소중했던 것을 이제야 되찾은 듯한 느낌이었다.

나는 천천히 손을 들어 올려 여자의 섬세한 얼굴을 조심스럽게 쓰다듬었다. 그러자 여자가 슬픔을 감추듯 고개를 숙였다. 검은 물결 같은 머리칼이 얼굴 위로 쏟아졌다. 여자의 눈동자에 비친 내 얼굴이 시야를 온통 뒤덮을 정도로 커졌을 때, 여자의 미소 띤 입술이 내 입술에 와닿았다. 입술을 맞댄 채로, 여자가 속삭임을 닮은 숨을 내쉬었다. 소름이 끼칠 정도로 차가운 숨이었다.

입술을 떼어낸 여자가 웃으며 물었다.

"이 순간을 기억할 수 있을 것 같아?"

여자의 말투는 감미로웠지만 어딘지 섬뜩했다.

그날 이후 나는 두 번 다시 여자의 꿈을 꾸지 않았다. 아니, 꿀 수 없었다. 꿈속에서 여자를 다시 만나기 위해 몇 번이나 여자를 떠올리며 잠들었지만, 여자의 모습은 나타나지 않았다. 아무리 떠올려보려 해도 여자의 얼굴은 점차 흐릿하게 지워져 갈 뿐이었다.

그 대신 나는 귀신을 볼 수 있게 되었다. 여자의 자리를 여자를 닮은 존재들이 채우기라도 한 것처럼. 여자가 불어넣은 차가운 숨이, 그 순간의 속삭임이 어떤 진실을 깨우기라도 한 것처럼.

*

처음으로 귀신을 마주친 것은 교실에서였다. 그것도 수업 시간에. 그때 나는 평소처럼 창밖에 시선을 고정한 채, 교사의 목소리를 흘려듣고 있었다.

처음엔 잘못 봤다고 생각했다. 먼 하늘에서 눈부시게 흰 점이 나타났을 때만 해도. 그러나 구름이라기에는 너무 작고 선명한 점은 점차 창문 쪽으로 가까워졌다. 흰 점은 곧 한 쌍의 날개가 되었고, 마침내 하얀 새가 되었다. 창문을 뚫을 듯 지나치게 가까워진 새의 머리가 마침내 유리창에 충돌했다. 나는 피투성이의 작은 머리가 유리창에 맹렬하게 부딪혀대는 장면을 멍하니 바라보았다.

한 번, 두 번, 세 번. 하얀 새는 추락하지도 않은 채 좀비처럼 몇 번이고 하늘의 궤적을 되감고 있었다.

내가 뒤늦게 비명을 지르자 반 아이들과 교사의 시선이 동시에 나를 향했다.

"왜, 무슨 일인데?"

교사가 다급하게 물으며 내게 다가왔다.

나는 떨리는 손을 들어 창문을 가리켰다.

쿵, 소리와 함께 피투성이의 흰 새가 창문에 여덟 번째로 부딪혔다.

"뭐? 뭐가 있는데?"

교사가 창문 밖을 내다보며 창문을 열어젖히는 순간, 나는 경악했다. 창문에서 멀리 떨어진 하늘로 되돌아가 달려들 준비를 하던 흰 새가, 그대로 열린 창문으로 날아와 교사를 통과했다. 흰 새는 교사가 부드러운 연기라도 되는 것처럼 자유롭게 통과해 다시 하늘로 되돌아갔다.

"뭐가 있다는 말이야?"

교사가 고개를 빼고 창밖을 살피더니, 다시 나를 돌아보았다.

"선생님, 괜찮으세요?"

내가 멍하니 물었다.

"뭐? 무슨 뚱딴지 같은 소리야?"

교사가 어이없다는 듯 되물었다.

나도 자신의 말이 어처구니없게 느껴졌지만 어쩔 수 없었다. 나는 얼굴에 열이 오르는 것을 느끼며 대답했다.

"방금 새가 선생님하고 부딪혔는데, 아니, 정확히 말하면 선생님을 뚫고 지나갔는데, 아무것도 못 느꼈어요?"

교사가 황당한 듯 되물었다.

"지금 그거 웃으라고 하는 말이야?"

아이들은 어색한 표정을 지은 채 앉아 있었다. 뭔가 수군거리는 소리가 들렸지만 정확하게 알아듣기는 어려웠다. 말도 안 되는 농담에 웃음을 터뜨리기에 나와 반 아이들과의 사이는 그다지 가깝지 않았다.

교실에서 내 처지는 미묘했다. 나는 아이들로부터 은근히 소외당하고 있었다. 적극적으로 따돌림을 당하는 것은 아니었지만, 특별히 어울려 다니는 그룹이 있는 것도, 친하게 지내는 아이가 있는 것도 아니었다. 어느 그룹에도 속하지 못하고 겉도는 아이, 그것이 교실에서 내가 가진 위치였다. 학기 초, 모두가 신중하게 1년 동안 어울려 지낼 그룹을 탐색하던 시기에는 어색하게 인사를 나누던 아이들도 있었지만, 결국 나는 어떤 그룹에도 들어가지 못한 채 모두에게 외면받는 처지가 되었다.

"다시는 이런 장난 치지 마라."

교사가 창문을 닫고 교단으로 돌아가며 말했다.

다시 창문을 내다보았을 때, 흰 새는 어디에도 보이지 않았다. 언제나처럼 투명하고 적막한 하늘만이 있을 뿐이었다. 그러나 분명히 느낄 수 있었다.

평범했던 하늘에 선연한 균열이 일기 시작한 것을.

*

새의 유령을 본 뒤로도, 나는 종종 귀신들과 마주쳤다. 거리의 행인들을 순식간에 통과해서 지나가거나, 베개 옆에 누운 채 찢어진 입술로 웃어대고, 화장실 거울 속에서 나를 빤히 바라보는 귀신들과 마주치는 것은 신경을 곤두서게 만드는 일이었다. 하지만 그런 일들은 얼마든지 참아낼 수 있었다.

정말 견디기 어려운 것은 목소리였다. 귀신들의 목소리, 제발 도와달라고 울부짖는 외침, 헐떡거리는 숨소리와 뒤섞인 선명한 비명은 검고 진득한 감정의 덩어리를 품고 있었다. 수십, 수백의 망혼들이, 그들의 원한과 분노와 슬픔이 합쳐진 듯한 소음은 해가 지면 어둠을 먹고 위협적일 정도로 자라났다.

나는 밤마다 머릿속을 날카롭게 헤집어대는 목소리들을 피해 도망치듯 집 밖으로 나가고는 했다. 적어도 바깥에서는 비좁은 실내만큼 목소리들이 메스껍게 증폭되어 울리지는 않았으니까.

나는 홀로 밤을 헤매면서 많은 것들을 보았다. 달빛 아래 드러누운 채 허공을 응시하는 고양이. 긴 목을 구부러뜨린 채 꿈속처럼 유영하는 백로. 벤치에 웅크리고 누워 잠을 청하는 노인. 하천가 바닥에 주저앉아 자기가 왜 살아 있는 건지 알려달라고 소리치는 남자.

밤 산책은 한동안 이어졌다. 현실과 꿈 사이를 유영하는 존재들과 함께 유령처럼 밤을 떠도는 날들이었다. 귀신의 것인지 내 것인지 더는 구분할 수 없는 목소리들도 계속되었다.

학교 옥상에서 그 애를 만나기 전까지는.

그날 나는 악몽을 꾸는 것처럼 홀린 듯 학교를 배회했다. 언제나 그랬듯 목소리 때문이었다. 나는 목소리가 잦아드는 자리를 찾아 복도와 계단을 미로처럼 헤매다 옥상까지 이르렀다.

낡은 철문을 열자 차가운 바람이 밀려들었다. 순간 거짓말처럼 머릿속이 조용해졌다. 유리처럼 맑아진 시야로 선명한 푸른빛의 하늘이 보였다. 그 위태롭고 선연한 하늘 아래, 그 애가 있었다.

그 애를 보는 순간 한눈에 알아봤다. 귀신이라는 걸. 지금까지 봤던 귀신들은 흰자 없이 새까만 눈을 하고 있었다. 반면 그 애의 눈동자는 갈색이었고 흰자를 뒤덮을 정도로 크지도 않았다. 그러나 비현실적인 분위기와 한순간 사라져버릴 듯 위태로운 느낌이 증명하고 있었다. 그 애가 평범한 사람이 아니라는 걸. 그 애는 현실과 비현실의 경계에 자리한 존재라는 것을.

내가 그 애에게 망설임 없이 귀신이냐고 물어본 것도 그 때문이었을 것이다.

"귀신이냐고?"

그 애의 시선이 나를 향했다. 밝은 갈색 눈에 비친 얼굴이 지나치게 투명하고 반짝거려서, 나는 그 애의 두 눈을 한참 바라보았다. 그 애의 투명한 눈에 비친 내 얼굴은 찬란한 빛을 띠고 있었다.

처음이었다. 내 얼굴이 아름답다고 느낀 것은.

"보통은 그런 것보다 이름을 먼저 물어보지 않나?"

한참이 지난 뒤에야 그 애가 한 말을 이해할 수 있었다. 얼굴이 달아오르는 것이 느껴졌다. 가까스로 그 애의 밝은 갈색 눈동자와 그 위의 투명한 반영에서 시선을 떼어냈다.

"이름이 뭐야?"

내 어설픈 물음에 그 애가 대답했다. 이름처럼 신비롭고 부드러운 목소리로 은하, 하고.

나는 그 애의 이름을 조용히 되뇌어 보았다. 이름이 연약한 유리 세공품이라도 되는 듯이. 너무 세게 소리 내어 부르면 깨지기라도 할 것처럼, 그렇게 조심스럽게.

그런 나를 물끄러미 바라보던 은하가 물었다.

"어떤 것 같아?"

"어?"

"방금 네가 물어봤잖아. 귀신이냐고."

은하가 피식 웃었다.

"하긴. 사람이라고 생각했으면 물어보지도 않았겠지."

은하의 웃음에서 기시감이 느껴졌다.

"우리 어디서 본 적 있지 않아?"

내 물음에 은하가 알 수 없는 표정을 지으며 되물었다.

"기억 안 나? 바로 여기서 만났잖아."

분명 의아한 표정을 짓고 있을 나를 빤히 바라보며 은하가 말을 이었다.

"정말 모르겠어? 별말을 나눈 건 아니었지만, 바로 이 자리에 같이 앉아서 밤을 새우기도 했는데."

혼란스러웠다. 옥상에 올라온 건 분명 오늘이 처음이었으니까. 설령 악몽 같은 목소리들 때문에 정신이 팔려 옥상에 올라온 것을 잊어버렸다고 하더라도, 은하처럼 독특한 분위기를 지닌 애를 기억하지 못할 리가 없었다.

"다른 사람이랑 착각한 거 아니야?"

"착각 아니야."

단호한 대답에 내가 당황스럽게 머뭇거리는 사이, 은하가 싱긋 웃었다. 그러고는 방금과는 전혀 다른 사람처럼 밝은 목소리로 말을 이었다.

"거짓말이야. 우린 오늘 처음 만난 게 맞아."

은하의 웃는 얼굴이 이상하게 위태로워 보여서, 감히 불만을 표현할 수조차 없었다. 눈앞의 섬세한 얼굴을 멍하니 바라볼 수밖에.

무언가를 생각하듯 잠시 말을 멈추었던 은하가 다시 입을 열었다.

"그런데 사실 완전히 거짓말인 것만은 아니야. 우린 분명 함께였던 적이 있으니까."

꿈속에서, 하고 은하가 나지막한 목소리로 덧붙였다.

"꿈에서 나를 본 적이 있다고?"

"응. 그리고 그 꿈에서 너도 분명히 나를 봤어. 기억하지 못하겠지만."

이상한 기분이 들었다. 가슴 안쪽이 깃털의 날카로운 심지에 긁힌 것처럼 따가운 느낌이었다. 어쩌면 구름 사이로 드러난 햇빛 때문인지도 몰랐다. 날카롭게 벼려진 햇살이 무방비하게 드러난 눈동자를 할퀴어서인지도.

은하는 나를 똑바로 바라보며 말을 이었다.

"꿈속에서 우린 옥상에서만 만난 게 아니었어."

은하는 교실에서 내 옆자리에 앉아 쪽지를 주고받았다고 말했다. 둘 다 수업에 집중하지 못해 서로 쪽지를 주고받으면서 시간을 보내곤 했다고. 점심시간에는 옥상에 올라가 난간에 기댄 채 멍하니 하늘을 바라보고, 수업이 모두 끝나면 수영장에 몰래 숨어들어 교복을 적시며 수영을 했다고. 눈부신 조명을 받은 밤의 수영장은 한낮의 바다처럼 투명하고 찬란하게 빛났다고. 푸른 물은 비밀스러운 세계를 품고 있는 것처럼 깊었다고, 은하는 이야기했다. 시처럼 아름다운 내용과는 달리 어딘지 차가운 목소리로.

나는 알 수 없는 안타까움 속에서 은하의 목소리를 들었다. 평소처럼 목소리를 등지는 대신, 목소리를 향해 귀를 기울인 채였다.

꿈결처럼 낮고 부드러운 목소리를 들을수록 눈앞의 존재가 애틋하게 느껴졌다. 이상한 일이었다. 원래 나는 사람에게 쉽게 마음을 열지 않았고, 처음 본 존재, 그것도 귀신에게 친근감을 느낄 성격은 결코 아니었으니까. 그러나 은하와 함께 있는 시간은 부드러운 물속에 손을 집어넣는 것처럼 자연스럽게 느껴졌다. 어쩌면 유리처럼 투명한 눈동자에 비친 반영 때문인지도 몰랐다. 그 반영이 애틋할 정도로 아름답기 때문인지도.

  하늘은 어느새 짙은 붉은빛으로 가라앉아 있었다. 나는 우리를 감싼 붉은빛이 한없이 계속되기를 바랐다. 동시에 이미 예감하고 있기도 했다. 대기의 붉은빛이 어둠에 덮여 사라져버린 뒤에도, 몇 번이고 다시 너를 찾아오게 되리라는 걸.

*

  그날의 예감처럼 나는 매일 점심시간마다 옥상에 찾아갔다. 어딘지 기이한 분위기를 가진 여자아이를 다시 만나고 싶기도 했지만, 다른 이유도 있었다. 이상하게도 은하와 만난 뒤부터 귀신들의 집요하고 진득한 목소리가 서서히 사그라들기 시작했다. 은하와 보내는 시간이 길어질수록 목소리들은 소곤거리는 이명 정도로 줄어들더니, 마침내 완벽한 침묵 속에 가라앉았다. 밤마다 나를 괴롭혔던 검고 끈적이는 원한의 덩어리 역시 귀신들의 목소리와 함께 눈 녹듯이 사라졌다.

홀로 밤을 헤매는 대신 옥상에 찾아가면, 은하는 언제나 같은 자리에 서 있었다.

"넌 어떻게 죽은 거야?"

그날도 나는 평소처럼 무결한 은하의 얼굴을 멍하니 바라보다, 무심코 물음을 던졌다.

"믿어서."

은하가 망설임 없이 대답했다. 어딘가 초연하게 들리는 목소리였다.

"그래서는 안 됐는데, 믿어버리고 말았어. 내가 그 사람을 아끼는 방식으로 그 사람도 나를 아낄 거라고. 내가 그 사람에게 차마 할 수 없는 짓을 그 사람도 나한테 할 수 없을 거라고."

나는 무의식중에 은하에게 다가가 손을 뻗었다. 순간 스쳐 지나간 은하의 미소가 지나치게 쓸쓸해 보여서.

"나랑 여기서 나가자."

입 밖으로 나온 말은 스스로도 당황할 정도로 갑작스러웠다. 그래도 뱉은 말을 얼버무리지는 않았다. 은하에게 다른 풍경을 보여주고 싶은 것은 진심이었으니까. 숨이 막힐 것처럼 넓고 아득한 하늘이 보이지 않는 곳으로 데리고 가서, 은하를 괴롭히는 기억으로부터 숨겨주고 싶었다.

"나가자고?"

은하의 얼굴이 순간 멍해졌다.

"어디로?"

메말라 갈라진 목소리였다.

어딘지 초조하게 느껴지는 질문에 어떤 대답을 해야 할지 알 수 없었다. 이어진 침묵은 심연처럼 깊었다.

한참 시간이 흐른 뒤, 나는 천천히 손을 뻗어 은하의 손을 잡았다. 고개를 올려 마주 본 은하의 얼굴은 소름이 끼칠 만큼 적막했다. 그럼에도 은하는 맞잡은 내 손을 놓지 않았다.

얼음처럼 차가운 체온을 느끼며, 나는 천천히 옥상 문을 열었다.

*

 손을 잡고 옥상에서 나선 날 이후부터 은하를 옥상이 아닌 다른 장소에서도 볼 수 있게 되었다. 교실이나 운동장, 때로는 수영장에서도. 계절이 지나 태양이 어스름한 저녁의 경계를 부드럽게 넘어서기까지 은하는 계속 내 곁에 있었다.
 이 순간도 은하는 내 옆자리에 앉아 창밖을 멍하니 바라보고 있었다. 나는 그런 은하의 옆얼굴을 몇 번이고 힐긋거렸다. 아스라한 윤곽이 금방이라도 흩어져 사라질 것만 같아서.
 은하가 바로 옆자리에 앉아 있는 것이 아직도 실감 나지 않았다. 평범한 교실 풍경 속 은하의 모습은 이질적이면서도 자연스러워서 현실에 틈입한 기적처럼 느껴졌다. 오직 나만이 볼 수 있는, 작은 기적.
 나는 반 아이들과 교사에게 들리지 않도록 은하를 향해 나지막하게 속삭였다.
 "널 배신했다는 사람한테 복수하고 싶지 않아? 네가 원한다면, 복수할 수 있게 도와줄게."

은하가 나를 향해 시선을 돌렸다. 알 수 없는 눈빛으로 나를 물끄러미 바라보던 은하가 되물었다.

"왜?"

"그래야 네가 여기 남을 것 같으니까."

나는 망설임 없이 대답했다. 입을 열기 전에 말을 골라낼 여유조차 없었다. 너무, 진심이었으니까.

진심으로 나는 두려웠다. 언제든 떠날 수 있을 것 같은 은하의 초연함이. 자신의 죽음을 타인의 것처럼 여기는 무심함이. 차라리 복수심을 갖는 것이 낫다는 생각이 들 정도였다.

은하는 자신의 삶에도 죽음에도 신경 쓰지 않기에, 언제고 아무런 미련 없이 사라져버릴 것만 같았다. 귀신은 원래 원한과 미련을 가지고 지상에 남아 있는 존재가 아니었던가? 그러나 은하에게는 그런 끈적한 감정이 남아 있지 않은 것 같았다. 은하의 섬세하고 견고한 얼굴에서는 어떠한 감정의 불순물도 비추어지지 않았다.

나는 은하의 그런 무구함을 사랑했지만, 동시에 그 사랑이 억울했다. 마음속에서 분명한 질량을 가지고 쌓여가기 시작한 감정이, 몸 안쪽에서 느껴지는 이물감이 통증을 닮아가기 시작해 두려웠고, 그런 만큼 아무런 감정도 느끼지 못하는 것 같은 은하의 태연한 모습이 미웠다. 이토록 무겁고 두려운 것을 어째서 나만 시작해야 하는 걸까?

인정할 수밖에 없었다. 나는 사랑을 하면서도 이기적인 사람이었다. 은하를 만나기 전에는 몰랐던 사실이었다. 그러나 이기적이라고 해도 상관없었다. 유리처럼 말갛고 투명한 은하의 마음 안에 내 존재가 모래처럼 쌓이기를 바랄 뿐이었다. 불가해할 정도로 갑작스럽게 불어나는 마음의 무게가 너를 지상에 붙들어두기를, 네가 나만큼 아프고 두려워하기를.

지금 내가 그렇게 만들 수 없다면, 네가 지상에서 사라질 수 없는 나은 이유라도 만들어주고 싶었다.

은하가 나를 빤히 응시하며 물었다.

"그 사람을 찾으면 어떻게 할 건데? 어떻게 복수할 생각이야?"

내가 머뭇거리자 은하가 다시 물었다.

"죽일 수도 있어?"

은하의 말간 눈동자가 내 눈동자를 선연히 되비추고

있었다. 마치 서로를 마주 보는 두 개의 거울처럼.

"응. 할 수 있어. 네가 원한다면. 그리고 여기 계속 남는다고 약속하면."

분명히 알려주고 싶었다. 내가 너에게 어떤 감정을 느끼기 시작했는지. 그것이 얼마나 오래된 애정처럼 느껴지는지. 그 내밀함이 얼마나 기적 같은 일인지. 이제 너라는 기적이 없다면 나는 살아갈 자신이 없다고, 말해주고 싶었다.

은하는 복잡한 표정으로 나를 보고 있었다. 해명되지 않는 감정에 휩싸여 있는 것 같았다.

이상한 일이었다. 방금까지만 해도 은하에게서 어떠한 감정도 읽어낼 수 없었으니까. 그러나 지금 은하는 연약한 감정과 생각의 실로 짜인, 결함을 지닌 존재 같았다. 제 나이처럼 평범하고 미성숙하며 불완전한.

설명할 수 없는 희열이 느껴졌다. 나는 은하의 얼굴을 정면으로 응시했다. 은하가 지친 듯 천천히 눈을 감았다 뜨자, 내 얼굴이 투명한 눈동자 위에서 잠시 사라졌다 나타났다. 나는 그 모습을 홀린 듯이 바라보았다. 눈동자에 비친 반영은 여전히 아름다웠지만, 시선의

온도는 소름이 끼칠 만큼 차가웠다.

은하가 엷게 웃으며 말했다.

"착각하지 마. 네가 원하는 게 뭐든, 그게 내가 원하는 일이 될 수는 없으니까."

시선만큼이나 차가운 목소리였다. 상처받을 수밖에 없을 정도로.

*

미묘한 언쟁 이후로도 평소와 다름없는 날들이 반복되었다. 살인자를 찾는 일은 조금도 진전되지 않았지만, 나는 은하가 곁에 있는 것만으로도 만족했다. 은하와 만난 이후 따라붙는 초조함도 이제는 익숙해지기 시작했다.

한낮의 창문에서 흘러나온 부드러운 햇살이 은하의 피부를 투명하게 관통하고 있었다. 교단 앞에서는 수학 교사가 부드러운 햇빛이 흩뿌려진 칠판에 기하학적 도형과 직선들을 그리며, 어쩌면 누군가의 세계를 관통하는 진실일지 모를 수식에 대해 열정적으로 설명하고 있었다.

 나는 칠판에 시선을 고정한 채, 바로 옆자리에서 아지랑이처럼 피어오르는 은하의 존재를, 그 서늘한 공기를 느꼈다. 은하에게서 느껴지는 부드러운 차가움이 피부에 스며들었다. 나는 나른함 속에서 잠시 눈을 감았다.

 잠결에 얼핏 낯설지만 익숙한 목소리를 들었다. 목소리는 균열이 간 얼음처럼 서늘하면서도 갈라져 있었다.

 '이 순간을 기억할 수 있겠어?'

 꿈속 여자가 했던 것과 같은 질문이었다. 이유 모를 안타까움이 느껴졌다. 가슴께를 묵직하게 짓누르는 통증이 목 안쪽까지 아릿하게 퍼져나가는 듯한 감각.

 다시 눈을 뜨고 고개를 들었을 때, 눈앞에는 은하의 하얀 얼굴이 있었다.

 "울었어?"

 은하의 물음에 나는 그제야 눈물이 뺨을 적시고 있는 것을 알아차렸다.

 "우리, 어디서 만난 적 있지 않아?"

 "말했잖아. 꿈에서 봤다고."

"정말 그게 다야?"

은하가 차갑게 미소 지었다.

"전부 말해줬으면 좋겠어?"

숨이 가빠졌다. 나는 흔들리는 호흡을 가다듬으려 애쓰며 물었다.

"무섭게 왜 그래?"

"너야말로 뭘 무서워하고 그래?"

은하가 다정한 목소리로 대꾸했다. 그러나 숨결을 떠도는 공기에는 여전히 날카로운 긴장감이 서려 있었다.

"꿈속에서 우리는 서로를 위로하기도, 미워하기도 했어. 그저 가만히 함께할 때도 있었고 서로를 상처입히기도 했지. 어떤 형태든, 그 모든 순간 우리는 같은 장소에 있었어. 그게 다야."

"우리가 서로를 미워할 때가 있었다고?"

"그래."

"지금도 그런 건 아니지?"

은하는 대답하지 않았다. 내가 초조하게 말을 이었다.

"그건 그냥 꿈이잖아."

은하가 낮게 웃음을 터뜨렸다.

"맞아. 꿈이었지. 깨어나면 먼지처럼 흩어져버릴, 그냥 꿈. 너한테서 그런 말을 들을 줄은 몰랐지만."

"왜 그런 식으로 말해? 내가 뭔가 잘못 말했어?"

웃음기가 사라진 은하의 얼굴은 소름 끼칠 정도로 무표정했다.

"네가 그런 사람이라는 걸, 처음부터 알고 있었어."

"내가 어떻다는 건데?"

"순진하지. 그만큼 이기적이고."

"그걸 네가 어떻게 알아?"

내가 따지듯 되물었다. 억울함에 저절로 목소리가 높아졌다. 너에게서 이런 말을 듣고 싶지는 않았다. 내가 지금껏 너에게 기침처럼 무심코 내뱉은 진심들은 빙산의 작은 조각에 불과할 뿐, 정말 이기적인 마음은 제대로 털어놓지도 못했으니까. 전부 드러내고 싶은 마음을 몇 번이고 간신히 참아왔으니까. 게다가 다른 누구도 아닌 네가 나를 이기적이라고 비난할 수는 없는 것이었다. 나를 이기적으로 만드는 이 마음은 너로부터 온 것이고, 결국 너에게 향하는 것이었으니까. 오직 나만을 향한 마음이었다면 이렇게 아플 리도 없었다.

  내 원망스러운 마음을 전부 들여다보기라도 한 것처럼, 은하는 나를 물끄러미 바라보다가 말했다.

  "언제나 나한테만은 전부 드러냈잖아. 네 순진함도, 이기심도. 잔인할 정도로."

  갑작스러운 말에 내가 멍하니 굳어 있는 사이, 은하가 자리에서 일어났다. 은하가 교실 밖으로 나갈 때까지도, 나는 은하의 말을 조금도 이해할 수 없었다.

  나는 은하의 뒷모습을 홀린 듯 하염없이 바라보다 뒤늦게 은하를 쫓아갔다. 그러나 일상적인 소란으로 가득 찬 복도 어디에서도 은하의 모습은 찾아볼 수 없었다. 나는 섬뜩한 예감에 휩싸인 채 숨이 차오를 때까지 달리며 학교를 뒤져 보았다. 그러나 도저히 은하를 발견할 수 없었다. 마치 은하라는 존재가, 그 존재를 둘러싼 모든 기억이 망상에 불과할 뿐인 것만 같았다.

  분명 나는 아직 너와 함께한 시간을 선명히 기억하고 있었다. 그렇지만 그 짧고 찬란한 기억도 눈을 감았다 뜨면, 너와 함께 사라져버릴 것 같았다. 처음으로 가져 본 애틋한 마음까지 그렇게 간단하고 허무하게 잃어버릴 것 같아 두려웠다.

어느새 어둑해진 학교 복도에는 그림자조차 없었다. 나는 하염없이 학교를 헤매고 다니면서 계속해서 너의 이름을 불렀다. 너와의 계절이, 그 기억이 어둠 속에서 순식간에 흩어져버리지 않도록.

그리고 그 계절, 두 번 다시 너를 볼 수 없었다.

*

여름이 지나도록 나는 은하와 만나지 못했다. 무구한 하늘 아래 울렁거리는 빛의 파동, 그 환한 그늘이 거리를 얼룩덜룩하게 물들이고 스러지는 동안 나는 매일 옥상에 올라갔다. 그곳에서 텅 빈 하늘을 한참 바라보곤 했다.

은하가 사라진 뒤에도 귀신들의 비명은 돌아오지 않았다. 그러나 차라리 그 끔찍한 외침이 다시 시작되는 것이 나았다. 가슴을 파내버린 듯한 공허를 누군가의 음성이 채워주면, 숨을 쉬는 것이 더 편해질 것 같았다. 설령 그것이 이미 죽은 자들의 목소리라고 할지라도.

애초에 나를 다정한 음성으로 달래줄 사람은 아무도 없었다. 반 애들은 나를 유령 취급했다. 미성숙한 몸의 윤곽으로 이루어진 원 속에서 그들이 이야기하는 일상에 나는 속해 있지 않았다. 어제 누구의 말실수가 얼마나 웃겼는지, 누구와 누가 사귄다는 걸 알고 있는지, 영어 수행평가는 어떻게 할 건지, 오늘 방과 후에 어디에 갈 건지 하는 것들, 그 어디에도.

매 순간 피부 위로 외로움이 한 겹씩 쌓여가는 것 같았다. 외로움은 익숙해지다가도 한 번씩 숨을 조여왔다. 피부에 달라붙어 떨어지지 않는 얇고 질긴 비닐처럼.

그러나 은하와 함께일 때는 달랐다. 평범하게 숨을 쉬고 살 수 있었다. 눅눅한 질식감에 시달리지 않은 채, 다른 아이들처럼 웃고 떠들 수 있었다. 웃긴 일이었다. 귀신과 함께 할 때 비로소 평범해질 수 있다니.

허공을 떠도는 작은 먼지 조각들이 햇빛을 받아 반짝이는 가운데, 해사하게 떠드는 아이들의 목소리가 들려왔다. 책상 위에 남아 있는 의미 모를 균열을 쓸어보다 문득 깨달았다. 이제 은하라는 균열 없이는 이 모든 것을 견딜 수가 없게 되어버렸다는 걸. 너 없이 나는 남들처럼 존재할 수조차 없었다.

마치 진짜 유령은 네가 아니라 나인 것처럼.

어째서 살아 있음에도 이런 비참함을 느껴야 하는 걸까? 어째서 다른 사람들은 성장하면서 자연스럽게 익히는 것을, 타인을 사랑하고 일부가 되며 얽혀드는 방법을 나만 배우지 못한 걸까?

흉터처럼 사라지지 않는 서투름 때문일지도 몰랐다. 내가 은하에게 지나치게 집착하는 이유는. 은하가 아니라면 나는 누구와도 함께할 수 없으니까. 사람들의 견고한 경계 바깥에 홀로 웅크린 채, 처음부터 배우지 못한 것을 영원히 배울 수 없다는 비관을 견뎌야만 할 테니까.

애정이라는 이름의 슬픔을, 그 끝없는 황홀과 공허를 일깨워준 네가 원망스러웠다. 동시에 그리웠다. 원망보다도, 더.

은하는 내게 찾아온 유일한 기적이었다. 어릴 적부터 밤에 잠들기 전마다 속삭였던, 친구가 생기게 해달라는, 그러면 뭐든지 할 수 있다는 서툴고 간절한 기도의 결실이었다. 되찾기 위해서는 어떤 대가도 치를 수 있을 정도로 아름다운 악몽이기도 했다.

처음으로 겪어보는 벅차고 괴로운 애정은 은하의 곁에서 일상을 살아가는 동안 고통처럼 불시에 밀려왔다. 은하가 사라지기 전에도 마찬가지였다. 그 애틋한 아픔을 잃어버릴 것만 같은 불안과 두려움은 언제나 가슴 깊은 곳을 맴돌고 있었다.

이미 너를 잃어버린 것 같은 지금도 가슴을 조여오는 두려움에서 벗어날 수 없었다. 너와의 기억이 사라진 뒤에도, 심지어는 하나의 사랑이 완전히 끝나버린 뒤에도 이 두려움만은 영원히 계속될 것만 같았다.

누군가 이 불안을 멈추어줄 수 있다면, 그 사람을 위해 모든 것을 바칠 수 있을 정도로.

그리고 이미 알고 있었다. 이 두려움으로부터 나를 구해줄 수 있는 유일한 사람이 누구인지.

*

 옥상 난간에 앉아 있는 은하와 다시 마주했을 때, 세계가 안에서부터 추락하는 것 같았다.

 은하는 말없이 나를 바라보고 있었다. 마치 처음 보는, 그리고 다시는 볼 일이 없는 낯선 사람 같은 시선으로.

 나는 간신히 숨을 고르며 속삭였다.

 "네가 없는 동안, 그런 생각이 들었어. 너와 만났던 게 전부 꿈인지도 모른다고."

 "그래서?"

 "그 꿈에서 깨어나는 게 두려웠어. 영원히 꿈속에서 살고 싶다고 생각할 정도로."

 침묵이 말과 말의 틈새마다 들어찼다.

 어떤 침묵은 견딜 만했다. 부드러운 숨결처럼 흘려보내면 그만인, 그런 침묵도 있었다. 그러나 이런 침묵은 달랐다. 너와 나 사이에 서린 공백은 가슴이 깨질 정도로 아팠다.

 "살인자, 찾을 필요 없어."

은하의 갑작스러운 말에 나는 일순 멍해졌다. 은하가 명료한 목소리로 확언하듯 말했다.

"날 죽인 사람, 찾을 필요 없다고. 어디 있는지 알고 있으니까."

은하는 여전히 무심한 시선으로 나를 바라보고 있었다. 그 시선의 날이 마음의 여린 안쪽을 난도질하는 것 같았다.

"왜 갑자기 그런 말을 하는 거야?"

나는 뺨에 남아 있는 물기를 느끼며 내게 가해지는 고통을, 너를 간신히 마주 보았다.

"그러게. 대체 뭘 기다리고 있었던 걸까?"

은하가 잠시 말을 멈추었다. 끔찍한 예감 속에 꼼짝없이 서 있는 내게서 눈을 떼지 않은 채.

"데드 버니즈."

차가운 목소리에 순간 손끝으로 피가 빠져나가는 것만 같았다. 나는 뼛속까지 차게 식는 기분에 몸을 움츠렸다.

"말했지? 우리가 꿈에서 만난 적이 있다고. 어떤 의미에서 틀린 말은 아니지만, 더 정확히 말하면 꿈이 아니라 게임이야. 우리는 데드 버니즈라는 게임에서 처음 만났어. 서로에 대해 제대로 알지도 못한 채, 제대로 헤아릴 수도 없는 시간을 함께 보냈지."

은하가 부드럽게 미소 지었다.

"네가 나를 죽이기 전까지는."

그만. 너를 붙잡고 애원하고 싶었다. 제발 말하지 말라고, 이제 그만하라고. 그러나 벌어진 입술에서는 아무런 목소리도 나오지 않았다.

"네가 어떻게 그런 짓을 할 수 있었는지 아직도 모르겠어. 너는 알고 있겠지? 대체 어떤 마음을 품어야 사람이 사람을 죽일 수 있는지, 그토록 잔인해질 수 있는지."

은하가 나를 빤히 바라보았다. 그 차갑고 집요한 시선에 심장이 얼어 붙어버릴 것 같았다.

"사실은 네 마음을 알고 싶지도, 이해하고 싶지도 않아. 더는 너를 신경 쓰고 싶지도 않고. 그래도 한 가지만큼은 네게 반드시 해주고 싶었어."

은하가 잠시 말을 멈추었다가 입을 열었다.

"돌려주는 거. 네가 내게 준 것들, 빼앗아간 것들 전부."

숨이 멎을 것 같았다. 세차게 뛰는 심장 소리가 귀를 울렸다. 그 와중에도 네 목소리만은 송곳처럼 선명하게 들렸다.

"간단한 일은 아니었지. 버그의 존재를 아는 너를 가두려면 평범한 세계를 설계하는 것만으로는 부족했으니까. 그래도 가상의 세계들을 몇 겹씩 겹쳐 놓으니 너도 점차 혼란스러워하기 시작하더라고."

은하의 눈동자는 얼음처럼 매끄럽고 차가웠다.

"마지막에는 여기가 게임이라는 것도 알아차리지 못하고 내가 누구인지도 기억 못하더라. 정말, 쉬운 일은 아니었어. 현실에서는 찰나였을지 몰라도 이곳에서는 몇 년이 걸렸는지 헤아릴 수 없을 정도로."

은하의 목소리는 너무나 평온했다. 소름이 끼칠 만큼.

차라리 네가 분노와 증오에 차 있었다면 더 나았을 것이다. 그러나 너는 모든 것을 놓아버린 사람처럼, 아무것도 기대하거나 욕망하지 않는 사람처럼 무덤덤하게 말하고 있었다. 아무도 미워하지 않고, 그래서 사랑할 수도 없는 사람처럼.

절망적인 예감에 내 목소리가 형편없이 떨렸다.

"넌…… 완전히 착각하고 있어. 너만의 생각에 지나치게 빠져서 상황을 객관적으로 보지 못하고 있다고. 내가 널 게임 속에서 죽였다고? 그래서 어쨌다는 건데? 그건 네 말대로 그저 게임일 뿐이야. 현실과는 아무런 상관도 없는."

은하가 나를 물끄러미 바라보다가 웃었다.

"착각하는 건 너야, 소리야."

"뭐?"

"너라고. 착각을 진실로 만든 것도, 악몽을 영원히 현실로 만들어버린 것도."

아무것도 이해할 수 없었다. 이해하고 싶지 않았다. 아무것도 들리지 않았고, 듣고 싶지 않았다.

난간에서 옥상 안쪽으로 가볍게 뛰어내린 은하가 나를 향해 다가왔다. 뻗어진 손이 내 손에 와 닿는 순간, 낯선 기억과 감정들이 폭우처럼 밀려 들어왔다. 산산조각난 유리 조각처럼 피부를 할퀴고 깊은 자국을 남기며.

흐릿한 시야로 네가 슬픈 미소를 짓는 것이 보였다.

"그러니까 소리야, 나도 그렇게 하려고."

3장

나를 보는 너

소리, 네가 나를 어떻게 보는지는 알고 있었다. 다만 그 시선이 나를 죽이리라는 것까지는, 알지 못했다.

가상 현실에 들어간 것은 어린 시절부터였다. 나는 초등학교에 들어가기 전부터 VR 게임을 시작했으니까. 당시에는 온갖 방식으로 게임을 플레이했다. 평범하게 퀘스트를 깨나가며 레벨을 올리기도, NPC들과 대화를 나누며 시간을 보내기도, 무작정 모험을 떠나며 마을들을 하염없이 오가기도 했다.

그렇게 게임을 플레이하는 온갖 방법에 질렸을 즈음, 나는 기존과는 전혀 다른 방식으로 게임에 다가가기 시작했다. 게임 속 공간을 내가 살아갈 두 번째 세계처럼 활용하는 것이었다. 현실의 세계 속에 잠입한 틈과 같은 세계. 현실과 다른 물리법칙이 적용되는, 우주 공간과 같은 세계. 한동안 가상의 공간에서 '나'를 찾는 데 몰두한 것은 그 때문이었다. 게임을 플레이어로서가 아닌 여행자로서 자유롭게 유영하기 위해서는, 공간을 사용하는 주체인 '나'가 존재해야 했으니까. 다른 플레이어들이 게임 속의 역할에 몰입할 때, 나는 오히려 나 자신의 존재를 상기했다. 피부와 신경을 부드럽게 자극하는 물속에 반쯤 잠겨 있는 나, 캡슐 속에 누운 채 게임을 하는 나, 안구 보호용 고글을 벗고 소름 끼치게 차가운 공기를 맞으며 현실로 돌아가야 할, 나. 게임에 집중하지 못하고 계속해서 현실 속의 스스로를 상기하는 나를 다른 플레이어들은 달가워하지 않았다. 파티에서도 쫓겨나기 일쑤였고 그룹 퀘스트는 시작조차 할 수 없었다.

그래도 상관없었다. 어차피 나는 더이상 게임 속 레벨과 퀘스트에는 큰 관심이 없었으니까. 나는 그저 그곳에 있고 싶을 뿐이었다. 아무도 나를 찾지 않고, 부르지 않는 광막한 우주에.

인기가 없고 한적한 게임들을 찾아 헤매다 데드 버니즈에 접속한 것은 당연한 수순이었다. 데드 버니즈는 무료 공포 게임임에도, 좀비가 된 토끼들이 쫓아온다는 한물간 설정 탓에 한 번도 인기를 끈 적이 없었고, 버그가 잦아서 그나마 호기심에 접속했던 플레이어들도 거의 떠나간 뒤였으니까.

처음으로 데드 버니즈의 버그 공간에 진입하던 날, 나는 감전된 것처럼 몸을 비틀며 달려오는 토끼들 사이에 선 채, 습관처럼 '나'를 떠올렸다. 그때였다. 토끼들을 이루던 점들이 순식간에 작은 빛무리가 되어 날아간 것은. 당황한 내 앞에서 조악한 그래픽이 깨지고 흩어지며 적막하고 깨끗한 무(無)의 공간이 펼쳐졌다. 내가 마음대로 주무르고 변형시킬 수 있는, 나만의 세계가.

일종의 버그였다. 가상의 세계와 역할을 즐기기 위해 찾아온 플레이어가 현실의 자신에 몰입하리라고, 이렇게 작은 게임의 개발자들은 생각하지 못했던 거겠지. 이런 종류의 버그를 신고할 만한 플레이어도 없었을 테고.

버그를 처음 발견했을 때만 해도 즐겁기만 했다. 버그 공간 안에서만큼은 무엇이든 내 마음대로 할 수 있었으니까. 마침내 나만을 위한 우주를 발견했다고 믿었다. 하지만 시간이 지나면서 깨달았다. 무엇이든 내 마음대로 할 수 있는 세계에는 새로움이 없다는 걸. 모든 것이 내가 원하는 대로였지만, 그게 전부였다. 버그가 일어난 뒤부터는 다른 유저를 만날 수도, 게임 속 NPC를 마주칠 수도, 하다못해 좀비 토끼들이 뛰어다니는 맵으로 진입할 수도 없었다. 물론 별들이 흩어진 찬란한 하늘을 상상하는 것만으로도 그 위를 몇 시간이고 날 수 있었고 모래사장에 바다를 만들기를 원하면 온 세상을 바다로 뒤덮을 수도 있었지만, 그런 일들은 어느 순간부터 나를 즐겁게 만들지 못했다.

그럼에도 계속해서 데드 버니즈에 접속한 것은, 그곳이 유일한 도피처이기 때문이었다.

현실에는 여러 방식으로 나를 원하는 사람들이 있었다. 그들은 자신들만의 이유로 나를 곁에 두고 싶어하기도, 은밀히 이용하려 하기도 했고, 멋대로 미워하거나 외면하기도 했다. 자신들이 원하는 대로 나를 왜곡

하고 불러대는 시선과 목소리 때문에 숨이 막혔다.

그럴 때면 나는 집으로 돌아가 침대와 벽 사이 공간에 어설프게 숨겨져 있는 VR 기계 속으로 들어갔다. 미지근한 물속에 몸을 담그고 관 같은 뚜껑을 잠그고 나면, 내가 스스로 깨어날 때까지는 혼자 있을 수 있었으니까. 아무도 나를 부르지 않는 그곳에서만큼은, 나를 찾을 수 있었으니까. 온전히 내 목소리로 빚어내는, 본래의 나를. 그러면 곧 나를 원하는 사람들이 아닌, 내가 원하는 것들이 나를 찾아왔다.

그런 시간이 필요했다. 하루 중 잠시, 아주 잠시라도 온전한 나로 돌아가 숨 쉬는 시간이.

그러나 그 시간은 어디까지나 잠깐의 숨 고르기일 뿐이었다. 한밤의 꿈이 끝나면 언젠가는 현실로 돌아가야 한다는 것을 알고 있었다. 내가 속한 진실로.

너를 처음 만난 날, 데드 버니즈에서 나는 학교 옥상에 찾아갔다. 데드 버니즈의 버그 공간 안에 학교 건물을 만든 것은 한참 전부터였다. 그 무렵도 나는 오래도록 권태로웠고 그만큼 지쳐 있었다. 언젠가 찬란하다고 느꼈던 무수한 빛과 향기, 이른 봄 창밖으로 떨어져

내리는 꽃잎과 매 순간 변하는 바람의 냄새, 가까운 숨결의 체온, 교과서에 적혀 있는 누군가의 이야기가 더는 벅차지도 슬프지도 않게 되었을 때, 나는 그 모든 풍경에 질려버렸다.

웃긴 것은, 그럼에도 가상의 공간에서 내가 상상하는 모든 배경이 현실의 풍경에서 기인했다는 점이었다. 그날 광대한 얼음 사막도 우주 공간도 아닌, 미리 만들어 놓은 학교 옥상에 올라간 것은 그 때문이었다. 겨우 그 정도였으니까. 내가 나를 몰아붙이지 않고 편하게 떠올릴 수 있는 새로움이라는 건.

어쩌면 실수였는지도 모른다. 이후로 몇 번이고 자책했다. 그렇게 쉽게 생각해서는, 버그 공간을 안전하고 편안한 도피처 따위로 여겨서는 안 되었다고. 내가 가늠할 수 없는, 무엇의 심연일지도 모르는 진실로 함부로 도망쳐서는 안 되었다고. 그날 내가 조금의 불편함을 감수했다면, 누구라도 떠올릴 학교 옥상 따위가 아닌 다른 세계를 상상했다면, 아무도 쫓아올 수 없는, 오직 나만이 상상할 수 있는 무엇인가를 떠올렸다면, 그래서 너를 만나지 않았다면, 모든 것이 지금과 같지는 않았을 거라고.

 이제는 다 소용없는 생각이지만.

 그날 너는 옥상 난간에 위태롭게 앉아 있었다. 너는 옥상 문을 열고 나오는 나를 발견하고 소스라칠 듯 튀어 올랐다. 그런 너를 보고, 나도 너만큼이나 놀라고 말았다. 머릿속이 얼어붙을 듯 차가워지는 느낌이었다. 그 순간, 너는 내가 전혀 예상하지 못했던 존재였으니까. 내가 너를 무의식적으로 버그 공간 속에 구현한 것은 아닐까 했지만, 기억을 아무리 뒤져 보아도 너라는 사람을 찾아낼 수 없었다. 익숙한 얼굴도 아니었고, 아는 사이도 아니었다. 무엇보다도 나는 '아무도 없는' 옥상을 상상하고 있었다. 길을 잃은 것처럼 보이는 왜소한 여자아이가 난간에 앉아 있는 장소가 아니라.

 네 당황한 얼굴과 허둥대는 몸짓을 지켜보며 나는 오히려 냉정해질 수 있었다. 그리고 깨달았다. 이 게임에서 너는 나와 같은 존재라는 걸. 버그를 발견한 사람, 게임의 틈새로 들어온 사람. 게임을, 그 속의 자신을 자각한 사람. 너는 버그가 일어난 뒤, 내가 데드 버니즈에서 처음으로 만난 유저였다.

다음날 옥상에 다시 찾아간 것은 순전히 너 때문이었다. 너는 언제나 예상 가능했던 게임 속에서 유일하게 예상할 수 없는 존재였으니까. 너 역시 약속이라도 한 듯 옥상으로 찾아왔기에 우리는 다시 만날 수 있었다.

그때부터 너와 나는 옥상을 함께 공유하는 사이가 되었다. 다정하게 대화를 나누지 않았지만, 곁에 앉아 함께 시간을 흘려보내는 동안 어색했던 기류가 풀어졌고 서로의 존재가 점차 자연스럽게 느껴졌다.

너와 함께하는 것은 즐거웠다. 너와 함께 만들어가는 세계에서, 너의 생각은 종종 공간에 반영되었고 나 역시 네가 바라보는 세계를 조금은 훔쳐볼 수 있었으니까.

너의 시선이 향하는 곳에는 언제나 반짝이는 것이 있었다. 금빛을 흩뿌려놓은 듯 이지러지는 노을빛, 빛을 받아 번져 흐르는 은하수, 구름처럼 희게 빛나는 어린 새. 무엇보다도 네가 바라보는 한낮의 푸른빛은 눈부실 정도로 투명하고 아름다웠다. 마치 어린 시절 넋을 잃고 바라보았던 새벽의 바다처럼.

너 역시 그랬을 것이다. 내가 바라보는 세계의 어떤 점이 너를 매혹했는지는 모르겠지만, 너는 종종 나의 시선을 쫓아 내가 보는 것을 물끄러미 바라보고는 했다. 그런 너의 시선을 나 역시 지켜봐 왔기에 알고 있었다. 어느 순간부터 너의 시선이 나를 향하기 시작했다는 걸.

때때로 나를 훔쳐보는 너를 정면으로 마주 보며 묻고 싶었다. 너에게 내가, 그렇게나 반짝이는 것인지. 네가 지켜봐 온 그 모든 찬란함으로부터 시선을 돌릴 정도로.

그러나 묻지는 않았다. 네가 나를 더 기다리는 걸 원치 않았으니까.

"조금 더 있다 가면 안 돼?"

언젠가부터 너는 나를 기다렸다. 처음에는 내가 데드 버니즈로 빨리 돌아오길 기대하는 기색만 조심스레 내비쳤지만, 시간이 흐르면서 그것으로 그치지 않았다. 너는 내가 게임에서 깨어나지 못하도록 집요하게 붙잡았고 같이 있는 동안에도 내가 떠날까 봐 초조해하기까지 했다.

"제발. 조금이라도 좋아."

이렇게 네가 비굴할 정도로 집요하게 매달릴 때면 어

떻게 해야 할지 알 수 없었다. 처음에는 난감해하며 하루를 온종일 버그 공간에서 보내기도 했다. 그러나 결국에는 네 손길을 떨쳐내는 수밖에 없었다. 내게는 바깥이 있었으니까. 내가 속한 진짜 세계. 가상일 뿐인 게임과는 달리 평생 지속될 그곳에서 나는 앞으로도 계속 살아가야 했다. 버그 공간으로 잠시 도피했다고 현실의 생활까지 포기하고 싶지는 않았다. 현실의 무미건조함과 권태로움까지도 나를 구성하는 일부였으니까.

하지만 너는 달랐다. 내가 찾아갈 때마다 너는 언제나 같은 자리에 있었다. 언제 게임에서 나가는지, VR 장치에서 일어나긴 하는지 의아할 정도였다. 가끔은 버그 공간에 불과한 옥상에 하염없이 앉아 있는 네가 어둡고 비좁은 방 안에서 온종일 은둔하는 것이나 다를 바 없다는 생각도 들었다. 함께 있는 동안 너와 같은 존재로 전락했다는 생각에 소름이 끼치기도 했다.

너를 떠나고 싶은 마음은 네게서 친근감을 느꼈던 것만큼이나 순식간에 찾아왔다. 그 마음을 너는 그 집요한 시선으로 전부 지켜보고 있었을 것이다.

그날 너는 이렇게 말했으므로.

"내일 다시 올 거지?"

네게서 한 번도 들어본 적 없는 말이었다. 너는 항상 가지 말라고 붙잡았을 뿐, 다시 올 거냐고 묻지는 않았다. 내가 돌아오리라는 걸 조금도 의심하지 않는 것처럼. 하지만 그날은 달랐다. 너의 갑작스러운 물음에 나는 대답할 수 없었다. 네가 어떤 답을 기대하는지 알면서도.

나는 그 답을 말해줄 수 없었으므로.

네 얼굴이 순식간에 창백해졌다. 겁에 질린 것 같은 얼굴이었다. 게임 속에서도 얼굴이 창백해질 수 있구나, 하고 멍하니 생각하고 있을 때, 네가 다가왔다. 눈동자 위의 말간 반영이 들여다보일 때까지 가까이 다가와 물었다. 마지막 기회를 주는 것처럼 결연한 목소리로.

"내일 다시 올 거지?"

내가 여전히 대답하지 못하자 너는 울음을 터뜨릴 것처럼 보였다. 한동안 우리는 아무런 말도 하지 않았다. 침묵 속에서 네가 조용히 마지막 카운트 다운을 하는 소리가 들리는 것 같았다. 한참이 지난 뒤 네가 떨리는 목소리로 속삭였다.

"제발. 너도 알고 있잖아. 지켜봐 왔잖아. 내가 얼마나 혼자인지. 네가 돌아오지 않으면 여기엔 나밖에 남지 않을 거라는 것도."

"너도 나가면 되잖아. 현실에서 함께 시간을 보낼 사람을 찾으면……"

네가 신경질적인 웃음을 터뜨렸다.

"그럴 수 있으면 내가 여기서 이러고 있겠어?"

치켜 뜨인 네 눈에는 붉은 핏발이 서 있었다.

"처음부터 알았어. 네가 나와 다르다는 것 정도는. 네겐 여기가 유일한 장소가 아니라는 것도, 현실에 너의 자리가 있다는 것도. 그래도 지금 네가 내 곁에 있으면 괜찮다고 생각했어. 결국 우리는 이곳에 함께 있다고. 그걸로 된 거라고."

아무 말 못 하고 서 있는 나를 향해 네가 한 발자국 더 다가왔다. 나는 흠칫하며 뒤로 물러섰다.

네가 말을 이었다. 당장 무너질 것처럼 위태로운 목소리였다.

"난 너랑은 달라. 현실에는 나를 도와줄 사람도, 나

를 이해해줄 사람도 없어. 하다못해 아무 말 없이 나와 함께 시간을 보내줄 사람도. 잘나신 너와는 달리, 나에겐 여기가 유일한 장소야."

네 얼굴에 갑작스럽게 물기가 번져 흐르기 시작했다. 빈 종이 위에 물감을 엎기라도 한 것처럼.

"이럴 거면 왜 나를 찾아왔어? 왜 다시 돌아왔어? 왜 기대하게 했어? 내가 너를 기다리고 있다는 걸 알고 있으면서, 왜?"

네가 다시 나를 향해 다가섰다. 너를 피해 무심코 뒤로 물러서려다 멈추었다. 어느새 나는 옥상 난간에 서 있었다.

네가 떨리는 입술로 미소 지으며 물었다.

"버그로 만들어진 공간에서 죽으면 영원히 나가지 못한다는 말, 들어본 적 있어?"

멍했던 머릿속이 차갑게 깨어나는 느낌이었다. 도망쳐야 했다. 너로부터, 이 공간으로부터. 나는 게임에서 깨어나기 위해, 흔들리는 마음을 가다듬으려 했다. 하지만 잘되지 않았다. 나가겠다고 마음만 먹으면 자연스럽게 나갈 수 있었던 평소와는 달랐다. 한 번 동요하기 시작한 마음은 제 속도를 못 이기고 비틀거리는 팽이처럼 쉽게 잦아들지 않았다. 그 순간 마주친 너의 눈이 너무 뜨거웠기 때문일지도 몰랐다. 타들어 가는 어린 별처럼 일렁이는 네 눈에 정신이 팔렸기 때문일지도.

그것으로 끝났다면 좋았을 텐데. 네가 홀로 타들어서 차갑고 부드러운 재가 되었다면. 나는 너의 불꽃과 잔해를 끝까지 지켜봤을 텐데. 너의 곁에서, 너를 위해 울어줬을 텐데. 그러나 너는 혼자 타버리지 않았다. 처음부터 너는 열기와 고통을 홀로 감내하고 조용히 타들어갈, 그런 사람이 아니었다.

너는 기어코 함께 번져 타버리기를 원했다. 너의 두려움과 갈망을 하염없이 지켜보고 있던 나를 너는 무자비하게 밀쳐냈다. 타오르는 듯한 시선으로 나를 똑바로 바라보면서. 작은 체구에서 나온 것이라고는 믿기지 않을 정도로 강한 힘이었다.

"다 너 때문이야. 네가 잘못한 거야."

순식간의 일이었다. 제대로 대처할 수도 없을 정도로. 사실 막으려 했다면 무엇이든 할 수 있었을 것이다. 내 의지로 진입한 버그 공간에서는 하늘을 날 수도, 지면을 물컹하게 만들 수도 있었으니까. 하다못해 너에게 정면으로 맞설 수도 있었을 것이다. 내가 너와 마찬가지로 이 공간의 주인이라는 사실을 떠올리기만 했다면. 그러나 지면에 부딪히면서, 그 끔찍한 고통을 온몸으로 느끼면서 나는 죽음으로부터 도망치는 것을 상상하지 않았다. 갑작스러운 공포 속에서 나는 결코 떠올려서는 안 될 것을 떠올렸다.

나의 죽음을.

버그로 만들어진 공간 속 죽음이 어떤 의미인지 아냐고 묻던, 너의 마지막 말이 머릿속에 맴돌았다. 그 순간 나는 이곳에서 영원히 벗어나지 못할지도 모른다고 생각했다.

그 찰나의 상상이 나의 죽음을, 너의 저주를 현실로 만들었다. 그렇게 너는 나를 죽였다. 그리고 오랜 방랑이 시작되었다.

*

버그가 일어난 세계에서의 죽음은 평범한 게임 속

죽음과 달랐다. 보통 게임 속에서 플레이어는 죽더라도 아무 일도 없었다는 듯 다시 깨어나게 된다. 원한다면 체력이 조금 떨어진 상태로 다시 게임을 시작할 수도 있고, 현실로 곧바로 돌아갈 수도 있다. 데드 버니즈에서의 죽음도 마찬가지였다. 광분한 토끼들에게 뜯어먹힌 후에도 플레이어는 아무런 통증도 느끼지 않고 멀쩡하게 부활하게 된다. 신경질을 내면서 곧바로 게임에서 나가거나.

그러나 버그 공간에서 맞이한 나의 죽음은 달랐다. 현실이 아니었지만, 현실과 같았다.

너무, 아팠다.

나는 여전히 내가 상상하는 그대로의 몸을 가지고 있었고 평소와 다름없이 움직일 수 있었다. 그러나 네가 나를 죽인 그 순간이 떠오를 때마다 온몸이 산산이 조각나는 듯한 고통이 느껴졌다. 이 고통이 물리적인 것이 아닌, 상상에 지나지 않는다는 것을 알면서도 미칠 듯한 아픔은 사라지지 않았다.

내가 이 세계에서 완전한 죽음을 맞이했다는 사실을 제대로 이해하기도 전에 나는 정신없이 도망쳤다. 공간을 열어젖히고 바다를 건너 얼음 사막으로, 황금빛 용암이 끓어오르는 화산으로, 붉은 모래섬으로 향했다. 황량한 우주 공간까지 날아오르기도 했다. 네가 도저히 쫓아올 수 없도록 비밀스럽고 내밀한 공간을 상상하기도 했다.

그러는 동안 나는 몇 번이고 데드 버니즈에서 탈출하려 시도했다. 그러나 아무리 몸부림쳐도 소용없었다. 평소처럼 게임에서 나가고 싶다고 생각해도, 생각이 절박한 갈망이 되어도, 그 갈망을 입 밖으로 주문처럼 되뇌어도. 헤아릴 수 없는 시간 미친 것처럼 계속해서 소리를 질러도. 정말, 무슨 짓을 해도 도저히 나갈 수 없었다.

두려웠다. 두 번 다시 현실로 나갈 수 없을까 봐, 망상이나 다를 것 없는 게임 속에서 영원을 살아야 할까 봐. 그런 두려움이 밀려올 때마다 나는 어린아이처럼 소리 내어 울어버리곤 했다. 아무에게도 들리지 않을 텅 빈 울음을.

어쩌면 그런 두려움 때문에 데드 버니즈에서 나갈 수 없게 된 것일지도 모른다. 이제 와 소용없는 일이지만. 한 번 마음속에 자리를 잡은 두려움은 무슨 짓을 해도 사라지지 않으니까. 한밤의 부드러운 공기 속에서 잦아들었다가도, 오래된 고통처럼 문득 울컥거리며 밀려오고는 하니까.

네가 날 밀친 뒤, 헤아릴 수 없이 긴 시간이 흘렀다. 버그 공간 속의 낮과 밤, 계절의 변화는 현실 속 시간의 흐름과는 무관하므로 얼마나 시간이 흘렀는지 제대로 가늠할 수도 없었다. 시간의 속도와 생각의 속도가 비례한다면, 못해도 몇 년이 넘는 시간이 흘렀을 것이라고 짐작할 뿐이었다.

이대로 현실로 돌아가면 대체 얼마나 시간이 지나 있을지 알 수 없었다. 가상 공간에 있는 동안 현실의 몸은 어떤 상태일지, 부모님이 VR 기계 속의 나를 발견하는 데 얼마나 시간이 걸릴지, 만약 이미 나를 발견하고 꺼냈다면 왜 아직도 깨어날 수 없는 것인지.

불안감을 잠재우려 애쓸 때면 네 생각을 했다. 너에게 나와 같은 두려움을 선사하는 생각을. 가슴이 온통 뚫려버린 듯한 차가운 두려움으로 너의 열기를 잔인하게 덮어버리는 생각을.

하지만 너는 쉽게 속아 넘어가지 않을 터였다. 기본적으로 너는 나와 같은 버그를 발견한 유저였고, 게임 속에서 자신을 찾는 데 익숙할 테니까. 어쩌면 내가 돌아오기를 기대하고 있는지도 몰랐다. 내가 두 번 다시 너로부터 도망칠 수 없게 만들 방법을 강구하고 있을지도. 심지어는 내가 너를 죽이는 것을 반길지도 모를 일이었다. 너는 현실로 돌아가고 싶지 않다고 말했으니까.

그런 식으로 순순히 네가 원하는 일을 해주고 싶지는 않았다.

그래서 너를 속이기로 했다. 너에게 나를 선물하고 잃어버릴 수 없는 것을, 도저히 포기할 수 없는 것을 만들어주기로. 성공할 것이라는 확신이 있었다. 너는 이미 나를 잃지 않기 위해 나를 죽인 경험이 있었으니까. 몇 겹의 세계에 감싸여 모든 기억을 잃고 다시 혼자가 된 뒤에도, 여전히 나에게 매달릴 것이라는 확신이.

*

 분말처럼 반짝이는 데이터들이 머릿속에 끈적하게 엉겨왔다. 그와 동시에 해일처럼 밀려오는 은하의 기억과 생각에 소름이 끼쳤다. 끔찍한 기분에 나는 미친듯이 고개를 저으며 소리쳤다.
 "아니야! 아니야, 아니야. 그럴 리가 없어. 내가 너를 왜……."
 더이상 말을 이을 수 없었다. 무슨 생각으로 그런 짓을 했는지 기억나버렸으니까. 어째서 너를 밀었는지, 어째서 너를 죽이고 말았는지 너무 잘 알고 있었으니까. 지금 그때로 돌아간다고 해도…….
 "마음대로 생각해. 널 이해시킬 생각은 없으니까."
 나는 은하를 멍하니 바라보았다.
 너의 말대로였다. 너는 나를 이해시킬 필요가 없었다. 오히려 반대라면 모를까. 살인자는 네가 아닌 나였으므로. 그러나 먼저 배신한 것은 네가 아니었던가? 네가 배신하기 전까지, 다시 돌아오지 않을 것처럼 굴기 전까지 우리는 서로에게 유일하지 않았던가? 그 순간의 절망과 불안이 소름 끼칠 정도로 선연하게 기억났다. 너라는 시선을 잃은 채 영원히 혼자여야만 할지도 모른다는 불안감. 게임에서도, 현실에서도 아무도 나를 보지 않고 부르지 않을 것이라는 절망. 아무도 나를 원하지 않고 사랑하지 않을 것이라는 불안이 확신으로 변하는 순간, 더는 돌이킬 수 없는 선택을 하고 말았다.

이기적이라고 해도, 괴물 같다고 해도 어쩔 수 없었다. 내가 아니라 그 누구도 그런 불안을 견딜 수는 없었을 것이다.

그렇게 생각하면서도, 차가운 시선을 마주하는 순간 나도 모르게 속삭임이 흘러나왔다.

"미안해."

내 입술에서 갑작스럽게 나온 말이 생경하게 느껴졌다. 나는 안개 같은 불안 속을 더듬거리며, 변명하듯 말을 이었다.

"너를 그렇게 만들어서. 그렇게 만들고도 너를 찾지 못해서. 그때는 무서웠어. 네가 다시 나를 거부할까 봐. 이렇게 나를 증오할까 봐. 모든 증오가 잦아들 때쯤, 네가 이 세계에서 나를 받아들일 수밖에 없을 때쯤

찾으러 가려 했어."

"변명할 필요 없어. 어차피 너, 지금도 후회 같은 거 안 하잖아?"

은하가 차분해진 목소리로 말했다.

"소리야, 나는 그저 네가 내게 준 걸 돌려주고 싶었을 뿐이야. 내가 받아야 할 걸 다시 받아내는 건, 이제 기대도 하지 않아. 그저 선의가 선의로, 악의가 악의로 되돌아가는 것, 이곳에서 내가 바란 건 겨우 그것뿐이었는데. 내가 만든 세계니까 그 정도는 바랄 수 있을 줄 알았는데……."

은하가 차갑게 웃었다.

"그 단순한 일이 너랑은 참 어렵더라."

젖은 뺨에 와 닿는 공기가 차가웠다. 멍한 표정을 짓고 있을 나를 향해 은하가 말을 이었다.

"지난번에 내가 말한 거 기억나? 잃어버린 걸 찾고 있다고. 그거, 이제 찾은 것 같아."

"그게…… 뭔데?"

"증오."

숨이 멎을 것 같았다.

"잃어버린 걸 찾을 수 있게 도와달라는 거, 거짓말만은 아니었어. 정말 되찾고 싶었거든. 너를 미워하는 마음을. 너를 보지 않는 동안, 너를 미워하는 마음이 점점 닳아버리는 게 무서웠어. 결국 너를 용서해버리고 말까 봐. 아니, 그 전에 너를 향한 미움이 형체도 없이 흩어질까 봐. 누군가를 계속 미워하기에 나는 너무 지쳐 있었으니까. 그래서 도와달라고 한 거야. 내가 잊고 있던 마음을, 마땅히 가져야 할 그 오래된 증오를 되찾게 해 달라고."

마주한 눈동자 안쪽에서 무엇인가 창백하게 얼어 붙어버린 것만 같았다. 돌이킬 수 없을 정도로 차갑고, 끔찍하게.

"너를 마주하고 함께하면서, 네가 자신을 위해 얼마든지 나를 다시 죽일 수 있는 사람이라는 걸 깨달으면서, 너를 다시 미워할 수 있게 됐어."

은하가 엷게 웃었다.

"이제 만족해? 넌 내가 가진 모든 걸 잃어버리게 만들었잖아. 그리고 이제 넌, 내가 가진 모든 거고."

나는 굳어버린 채 차가운 시선을 고스란히 받아낼

수밖에 없었다.

 네가 지금껏 찾아 헤매던 것이 나에 대한 증오였다는 말이, 이제 그 증오만이 네가 가진 전부라는 말이 머릿속을 빙빙 맴돌았다. 마음속에 부드러운 온기가 엷은 서리처럼 번져 흐르는 것 같았다. 내게 유일한 것이 나를 유일하다고 말하는 일 같은 기적이 또 있을까?

 이렇게 생각하는 스스로가 비열하다는 것은 알고 있었다. 역겹고 끔찍하다는 것도. 그럼에도 잔혹한 비밀이 드러나는 이 순간, 나는 가슴이 벅차오르는 느낌을 받았다. 지금 너의 시선은 오직 나만을 향하고 있었으니까. 그 시선 속에서 나는 오롯이 살아 있었다. 엉망으로 뒤틀어진 충만감이라도 상관없었다. 너의 시선 속에서, 이 순간이 영원히 지속되기를 바랄 뿐이었다.

 은하가 무덤덤하게 말했다. 내 뒤틀린 생각을 전부 알고 있다는 듯이.

 "너무 좋아할 필요는 없어. 어차피 너는 이번 세계에서도 곧 깨어나게 될 테니까."

 은하가 말을 이었다. 부정할 수 없는 사실을 일러주는 것처럼 나지막한 목소리로.

"네가 유일하다고 믿는 이 순간도 언젠가는 끝이 난다는 말이야."

나는 다급하게 물었다.

"깨어난다고? 언제?"

깨어나면 어디로 가게 되는데? 그곳에도 네가 있어? 내가 말을 잇기 전에 네가 먼저 대답했다.

"네가 이 세계를 가장 사랑하게 되는 순간에."

모든 것이 마침내 무너져내린 것만 같은 이 순간에도, 너의 밝은 눈동자에는 내 얼굴이 비쳐 보였다. 언제나처럼. 그러나 언제나와는 달리 슬플 정도로 일그러진 얼굴이.

"그래야 오래 아플 테니까. 세계가 산산이 흩어져 기억마저 사라진 뒤에도, 형체 없는 아픔과 그리움만은 남아 있을 테니까. 다음 세계에서도, 그다음 세계에서도 마찬가지야. 세계는 언젠가 사라져도 진실만은 남을 거야. 네가 가장 소중히 여기는 것을 잃어야만 한다는 진실. 너는 왜 나를 잃어야 하는지 이해하지 못한 채 몇 번이고 나를 잃고, 그리워하고, 아파하게 되겠지."

"네가 무슨 말을 하는지, 잘 모르겠어."

"괜찮아. 지금은 이해하지 못해도 언젠가는 이해할 수밖에 없을 거야."

나는 아무런 대답도 하지 못한 채 은하를 한없이 바라만 보았다. 마치 그 얼굴에 모든 진실이 담겨 있는 것처럼. 계속 바라보다 보면 네가 가진 진실에 도달할 수 있을 것처럼. 유리처럼 투명한 하늘 아래 네 얼굴은 흐릿한 기억처럼 위태로워 보였다.

언젠가 너에게 다다를 수만 있다면, 같은 중력을 느끼며 함께 헤맬 수만 있다면, 너의 말처럼 이 세계가 언젠가 사라져버린다고 해도 상관없었다. 우리에게 어떤 미래가 도래한다고 해도, 설령 그 미래에 네가 없다고 해도, 나는 너를 되찾고 말 테니까.

반드시.

*

그 일이 있고 나서도 우리는 함께였다. 오히려 예전보다 오랜 시간을 서로의 곁에서 보냈다. 그렇다고 너와 더 가까워진 것은 아니었다. 가끔 네가 나를 지긋이 바라볼 때면, 그 시선 속에 담긴 차가움이 선연하게 느껴지고는 했다. 그러나 그 차가움조차 나를 담고 있다는 것을 알았기에, 행복했다. 마치 꿈처럼. 그래, 정말이지 꿈처럼.

우리는 놀이터 그네에 함께 앉아, 흐릿해서 더 많은 비밀을 감추고 있는 것 같은 밤하늘을 바라보았다. 학교 도서실에 날아든 나비를 붙잡고 한참 관찰하기도 했다. 우리는 나비의 희고 부드러운 날개를 잠시 잡았다가 놓아주었다. 나비는 어떠한 위협도 느끼지 못했다는 듯, 자유롭고 활기차게 우리 주위를 맴돌다 날아갔다. 수업 중 갑작스럽게 교사의 질문을 받고 당황하던 나에게 네가 넌지시 답을 알려주는 일도 있었다.

수업 시간에 몰래 양호실로 숨어들어, 소독약 냄새가 나는 침대 위에 엎드린 채 함께 만화책을 읽기도 했다. 너의 투명한 손으로는 직접 만화책을 넘길 수 없었기에, 너는 내 옆에 엎드린 채 내 속도에 맞춰 만화책 속 문장들을 읽었다. 나는 네가 읽는 속도에 맞춰 만화책을 넘기기 위해, 페이지 끝을 붙들고 너의 눈을 잠시 쳐다보기를 반복했다.

우리는 일상 속 사소한 풍경을 함께했다. 우리가 함께할 수 없는 모든 이유에도 불구하고, 지금 함께 있다는 사실이, 너의 무결한 얼굴을 바라보는 동안 문득 떠오르고는 했다. 그때마다 가슴에 느껴지는 아릿한 아픔이 행복 때문인지 슬픔 때문인지 알 수 없었다. 어쩌면 둘 다였는지도 모르겠다.

우리는 수업을 듣지 않고 무작정 영화관으로 향하기도 했다. 가장 가까운 시간대의 티켓을 사고 들어선 상영관에서 우리는 흑백의 고전영화를 보았다. 점심 무렵이어서인지, 오래된 영화이기 때문인지, 관람객은 우리를 제외하고 두세 명밖에 없었다.

우리가 뒤늦게 좌석에 앉았을 때, 스크린 속 연인은 눈을 감은 채 강가 다리의 난간 위를 하염없이 걸어가다가 물에 빠져 웃어대고 있었다. 물속에서 허우적거리는 연인을 태운 작은 배의 선장에게, 연인은 끝까지 가달라고 부탁했다.

"끝까지, 이 악몽의 끝까지 데리고 가 주세요."

선장은 연인을 부드러운 시선으로 바라보며 천천히

고개를 저었다. 마치 그런 일은 처음부터 불가능하다는 듯이. 연인의 부탁은 공룡이 되고 싶다는 어린아이의 소원이나 다름없는 일이라는 듯이.

"지금 우리가 악몽 속에 있다면 어떨 것 같아? 악몽의 끝에는 뭐가 있다고 생각해?"

내가 네게 속삭여 물었다. 마치 우리가 속한 이곳이 정말 악몽이라는 사실을 모른다는 듯이. 악몽은 영화 속에만 존재하는 환상이고 우리는 기껏해야 그것을 가정해볼 뿐이라는 듯이. 우리가 나눈 대화를, 끔찍한 진실을 모두 잊어버린 것처럼.

너는 나를 물끄러미 바라볼 뿐, 끝내 대답하지 않았다.

그 순간 니는 나를 원망했을지도 모르겠다. 내가 일부러 잔인하게 군다고 생각했을지도. 그러나 나는 진심이었다. 너를 떠보려던 것도, 상처 입히려던 것도 아니었다. 이기적이지만 적어도 나에게 있어서 이곳은 악몽이 아니었다. 그러니 악몽을 가정해볼 수 있었고, 악몽의 끝을 궁금해할 수 있었다.

너도 그렇게 생각하길 바랐다. 그리고 대답해주었으

면 했다. 이곳은 악몽이 아니라고, 설령 이곳이 악몽이라고 하더라도 끝 같은 건 없을 거라고. 지금, 우리의 세계는 악몽 속에서도 영원할 거라고.

*

 밤의 수영장은 평소보다 더 깊은 푸른빛을 띠었다. 우리는 부드럽고 연약한 물속에 몸을 담근 채 하염없이 떠다녔다. 하얀 천장에서 쏟아지는 눈부신 빛을 올려다보면서.
 깨진 유리 조각처럼 반짝이는 물속에서, 나는 너를 향해 천천히 몸을 돌렸다. 너의 투명하고 희미한 몸은 물기가 스며들지 않아 건조할 거라고 생각했다. 그러나 조심스레 쓸어본 팔등에서는 물기 어린 감촉이 느껴졌다. 어쩌면 나에게서 나온 물기일지도 모르는 그 축축함이 견딜 수 없이 애틋하고 슬퍼서, 나는 잠시 눈을 감았다.
 "네가 없을 때 나는 혼자였어. 누군가와 함께하는 미래 같은 건 터무니없는 공상처럼 느껴졌어. 그런 미래가 현실이 될 수 없다는 걸 뻔히 알면서도 간절히 바라는 스스로를 매일 비웃었어."

나는 부드럽게 손을 휘저었다. 물속을 떠도는 희미한 예감을 밀어내듯이.

"너와 마주치지 않았다면, 나는 예전과 다를 것 없이 외로웠을 거야. 어떤 중력에도 속하지 못하고 영원히 우주를 떠도는 운석처럼,"

나는 너의 눈을 절박하게 바라보았다. 마치 해안가에 다다라 바스러지는 파도처럼 부드럽게 일렁거리는 눈동자를.

"하지만 아직도 외로워. 예전과는 다른 방식으로. 어쩌면 예전보다도 더. 그리고 그건…… 아마 너와 함께 있어서일 거야."

이 순간 나의 뺨을 적신 눈물이 너의 눈동자처럼 투명할지, 혹은 모든 것을 잊어버린 밤처럼 검을지 알 수 없었다.

"네가 나를 미워하지 않는 미래도 어딘가에 존재할까?"

"그런 미래가 있다면, 이런 순간도 없었을 거야."

단호한 대답에 나는 멍하니 눈을 깜빡였다. 눈물이 뺨을 타고 떨어져 내렸다. 이 순간이 너에게는 전혀 다른 의미를 가진다는 사실이 선연하게 와 닿았다.

그게 너무, 외로웠다.

내가 우는 동안 너는 서늘한 손길로 내 젖은 머리칼을 쓸어내려 주었다. 부드럽게 머리칼을 쓸어내리는 동안에도, 끝까지 괜찮다는 말은 하지 않았다. 대신 부드럽게 미소 지으며 소름이 끼칠 정도로 냉정한 목소리로 말했다.

"다행이야. 네가 이만큼이나 나를 사랑해서."

무엇을 잃어도 상관없을 것 같았다. 감미로운 만큼 서늘한 접촉이, 이 순간의 마주침이 영원히 이어질 수만 있다면. 그럴 수만 있다면, 내게 주어질 미래를 모두 잃어버린다 해도 상관없었다. 지금이 그 모든 미래를 대신할 수만 있다면.

"이 순간을 기억할 수 있겠어? 이 순간을, 그리워할 것 같아?"

네가 내 머리칼에서 천천히 손을 떼어냈다.

대답해서는 안 된다는 것을 알면서도, 나는 무언가

에 이끌리듯 고개를 끄덕였다.

네가 눈부시게 미소 지었다.

물과 투명하게 중첩되어 희미한 푸른색으로 빛나는 너의 얼굴을, 나는 멍하니 바라보았다. 이 세계에서 깨어나는 순간이 지금일 수밖에 없음을 깨달으면서. 오랜 시간이 흐른 뒤에도, 너를 가장 그리워할 순간은 언제나 새로운 지금일 것임을, 나는 직감했다. 그리고 깨어난 뒤 견뎌야만 할 것이 무엇인지도.

너는 지금 가장 치명적인 복수를 하고 있었다. 잃을 것도 아파할 것도 없던 내게 사랑을 줌으로써, 사랑을 잃어버리는 고통을 알게 하는 것이었다.

그러나 사랑을 잃어야 하는 이 순간에도 나는 너를 사랑하는 것을, 사랑스럽게 느끼는 것을 멈출 수가 없었다. 고통스럽기보다는 슬펐다. 지금 물처럼 피부에 스며드는 슬픔의 감각을 너도 느끼고 있을지 모른다는 생각이 들었다. 복수의 승리감과 상실의 슬픔 중 너는 무엇을 더 깊이 느끼고 있을까?

마주한 너의 눈동자는 반쯤 녹은 얼음처럼 차갑게 젖어 있었다.

너에게 무엇인가를 말해야 한다는 느낌이 들었다. 말해야만 한다는 절박함 때문에 입속에 물이 들어찬 것처럼 숨이 막혔다.

그러나 아무 말도 할 수 없었다.

영원히 이어질 것만 같은, 그럼에도 결코 영원이 될 수 없을 찰나, 나는 너의 흐릿한 미소를 보았다. 어딘가 애틋하고 동시에 냉정한 미소를. 지켜보지 않으면 당장이라도 세계가 끝날 것처럼 계속.

계속.

무엇인가를 집요하게 바라보면 순간을 영원으로 만들 수 있다고 굳게 믿는 사람처럼.

미세한 몸짓에 따라 부드럽게 흔들리는 물은 깨지기 직전의 꿈처럼 희미한 푸른색으로 반짝이고 있었다. 물의 어렴풋한 반영에 감싸인 채로 너와 나는 서로를 마주 보았다.

시간의 찬란한 중첩 속에서 마주한 너의 눈동자는 모든 꿈을 동시에 응시하는 사람의 것처럼 깊게 빛났다.

두 시선의, 죽음의, 악몽의 불가능한 마주침. 그것이 이 세계에서 우리에게 도달한 마지막 기적이었다.

4장

다시, 악몽

눈을 뜨고 제일 처음 본 것은 은하의 얼굴이었다. 나는 꿈을 꾸는 것처럼 몽롱한 상태에서 새하얀 얼굴을 올려다보았다. 무엇인가 반드시 기억해야만 할 것 같은 느낌이 들었다. 결코 잊어서는 안 될 것이 있는 듯한, 기이한 감각이었다. 무엇인지도 모를 것이 참을 수 없을 정도로 안타까웠다.

내 뺨은 물기에 젖어 있었다. 아직 멎지 않은 눈물이 피부 위에서 식어갔다. 차갑고, 축축했다. 수면 밑으로 아득하게 가라앉고 있는 것처럼.

"꿈을 꿨어. 그 꿈에서 내가 너를……."

"죽였어?"

나는 몸을 일으켰다. 나지막한 햇살이 스며든 교실의 풍경이 서서히 눈에 들어왔다. 은하의 목덜미에 길게 자리한 붉은 상처도. 상처에는 아직도 붉은 핏방울이 맺혀 있었다.

"그 상처……."

은하가 입을 열기 전, 내가 변명하듯 덧붙였다.

"이상하게 들릴지 모르겠지만 그건 내가 아니었어. 인어야. 인어가 내 몸을 차지하고 널 죽이려 했어. 난 분명히 막으려고 했는데, 몸부림을 치고 비명을 지르려고 했는데…… 그럴 수가 없었어. 도저히 내 뜻대로 움직일 수가 없었어."

은하의 표정을 읽어낼 수 없었다. 나는 떨리는 목소리로 속삭였다.

"알잖아. 내가 너를 해치려 할 리가 없다는 걸."

가라앉은 침묵에 숨이 막혀왔다. 한참이 지난 뒤 은하가 입을 열었다.

"더 말하지 않아도 돼. 네가 무슨 말을 하고 싶은지, 알고 있으니까."

알고 있다는 대답에 안심이 되어야 하는데도, 쉽게

진정이 되지 않았다. 더 말하지 않아도 된다는 그 말이, 마치 더 말해도 소용없다는 것처럼 들려서. 내 변명을 더는 듣고 싶지 않다는 의미인 것만 같아서.

나는 밀려오는 불안감을 가라앉히려 애쓰며, 조심스럽게 물었다.

"내가 쓰러진 뒤에 어떻게 됐어?"

"아무 일도 없었어."

은하의 무덤덤한 대답에 나는 할 말을 잃었다.

인어가 어디로 갔는지 아냐고 물으려다 나는 입을 다물었다. 사실 인어의 행방 따위는 아무래도 좋았다. 정말 알고 싶은 것은, 지금 눈앞의 무표정한 얼굴이 어떤 감정을 품고 있는지였다. 만약 그 일로 나를 두려워하고 미워하기라도 한다면······. 지금이라도 네가 나를 버리고 떠나갈지도 모른다는 생각이 들었다. 너는 내게 유일한 사람이었지만, 너에게 나는 유일하지도 중요하지도 않은 존재일 테니까. 그래. 우리가 같은 비밀을 공유하는 유일한 사이라는 것은 처음부터 내 착각에 지나지 않았을지도 모른다. 너는 처음부터 언제든 나를 떠날 준비가 되었을지도.

그렇게 나를 떠난 뒤, 시간이 흐르면 너는 필연도 운명도 아닌 순간들을 서서히 잊어갈 것이다. 서로의 이름을 부르는 말투와 그 말투의 미세한 차이를 따라 얕게 진동하던 마음을. 사소한 대화가 오래된 습관처럼 자연스럽던 순간을. 미지근하고 부드러운 액체 속에 손을 집어넣듯 서로의 내면에 침잠하며 기꺼이 피부를 녹여내던 느낌을. 어쩌면 내 착각이었을 그 모든 찬란함을.

순간 물감이 터지듯 외로움이 밀려왔다. 나는 어설프게 고개를 숙여 시선을 피했다. 지금 네가 내 얼굴을 보면 내가 무슨 생각을 하는지, 무엇을 바라고 있는지 전부 알아차릴지도 몰랐으니까. 너에게만은 절대 들켜서는 안 될 마음을, 나는 쏟아져 내리는 머리칼 사이에 서툴게 감추었다.

끔찍하게도 나는 지금, 네가 나처럼 외롭기를 바라고 있었다. 네가 나처럼 두렵고 초조하기를, 그래서 이렇게나 아프기를. 이 순간도 견고한 가면 아래 아픔을 억지로 삼켜내고 있을 뿐이기를. 간절히.

은하가 건조한 목소리로 말했다.

"나중에 옥상에 가 봐. 그 여자가 너한테 할 말이 있다고 하던데."

"왜 그런 말을 하는데? 같이 가면 되잖아."

"그럴 수 없을 테니까, 미리 말해두는 거야."

나는 고개를 들고 은하를 바라보았다.

네가 무슨 말을 하는 것인지 이해가 되지 않았다. 이해하고 싶지 않았다. 왜 네가 내 두려움을 또렷이 비추어내듯 말하는지. 정말 떠날 사람처럼 구는지. 떠나서, 두 번 다시 돌아오지 않을 사람처럼.

은하는 어느새 내게서 시선을 돌린 채 창밖을 바라보고 있었다. 차분한 시선을 한 너는, 투명한 허공에서 내가 알 수 없는 무언가를 읽어내는 것만 같았다.

"너, 어디 가? 설마 다시 전학이라도 가는 거야?"

"전학 같은 건 가지 않아. 그건 우리가 맞이하기엔 너무 온건하고 깨끗한 결말이니까."

"······뭐?"

"걱정하지 마. 네 기대대로, 난 결국 너를 떠날 수 없을 테니까. 그렇다고 평범하게 함께할 수도 없을 테지만."

너는 투명한 하늘에서 내게로 시선을 옮겼다. 그 순간 나는 아마 네가 응시하던 허공만큼이나 텅 빈 얼굴을 하고 있었을 것이다. 그런 나를 네가 정면으로 바라보며 미소 지었다. 부서지는 파도처럼 아스라이.

"네가 꿈을 꾸는 동안, 나도 꿈을 꿨어. 꿈속에서, 우리는 아주 멀리 있지만 선명한 푸른빛을 띤 미래를 향해 천천히 나아가고 있었어. 그리고 어느 순간 깨달았던 거야. 더는 함께 나아갈 수 없다는 걸."

"아니야. 더 말하지 마. 듣고 싶지 않아."

내 목소리가 형편없이 떨렸다.

듣고 싶지 않았다. 들으면, 이해하게 되어버릴 것만 같았다. 너의 수수께끼 같은 말을, 너의 무표정에 서린 차가움을. 차라리 영원히 모르는 편이 나았다. 무표정이 깨지고 흘러나올 진실이 곧 우리의 끝인 것만 같았으니까.

그러니 지금, 나는 네가 희미하게 웃는 것조차 두려웠다. 고작 그 덧없고 흐릿한 미소가 너무 무서워서 나는 겁먹은 아이처럼 몸을 움츠렸다.

내 두려움은 아랑곳하지 않은 채, 너는 매정할 정도

로 다정하게 말을 이었다. 마치 내가 언젠가 너의 수수께끼 같은 말을 전부 이해하고야 말 것을 이미 알고 있다는 듯, 유려하게 흘러가는 언어로.

"그 꿈속에서 우리는 아득한 밤을 하염없이 헤엄치고 있었어. 그러다가 우리를 가볍게 추월하며 부드럽고 빠르게 나아가는 선명한 은빛 선을 보았고, 우리가 사실 앞으로 나아가는 것이 아니라 가라앉고 있었다는 걸 깨달았지. 손을 잡은 채로는 가라앉기만 할 뿐, 어디로도 갈 수 없다는 걸."

은하가 나를 지긋이 바라보다가 덤덤하게 말을 이었다.

"그래서 우리는 손을 놓았어. 잠시 망설이기도 했고 다투기도 했지만, 결국은 손을 놓고 각자의 은빛 선을 따라 헤엄쳐 갔어. 함께하고 싶은 마음보다 서로를 가라앉히고 싶지 않은 마음이 더 컸으니까."

"그래서 지금 우리도 그렇게 해야 한다고 말하는 거야? 손을 놓아야 한다고?"

은하가 나지막한 웃음을 터뜨리며 대답했다. 아니야, 소리야. 하지만······.

"가끔 궁금해지긴 해. 우리가 서로를 위해 손을 놓아줄 수 있을 정도로 현명했다면 어땠을지."

은하가 생각하듯 말을 멈추었다. 잠시 후 은하가 말을 이었다.

"너는 그런 생각 해본 적 없어? 우리가 서로를 물에 빠뜨리는 대신 손을 놓고 각자 헤엄쳐 갔다면, 행복해질 수 있었을지도 모른다고. 그저 간혹 외로워질 때마다 손을 잡고 헤엄쳐 가던 시간을 떠올려볼 뿐이었다면, 그런 방식으로 함께했다면, 서로를 아픔이 아닌 부드러운 추억으로 남길 수도 있었을 거라고."

"나는 너를 추억으로 남길 생각이 없어."

나는 단호하게 말했다. 네가 무슨 대답을 원하는지 알고 있었지만, 어쩔 수 없었다. 지금 내가 할 수 있는 말은 정해져 있었으므로. 무슨 일이 있어도 내가 너의 손을 놓을 수 없다는 걸, 분명히 알고 있었으니까. 설령 내 이기심 때문에 우리가 심연까지 침몰한다고 해도, 나는 너를 놓을 생각이 없었다.

나는 너를 똑바로 바라보며 말을 이었다.

"상상일 뿐이라고 해도, 나는 절대 너를 놓아줄 수

없어. 그러기엔 너무 멀리 왔으니까."

네가 나를 물끄러미 마주 보며 말했다.

"그래, 그러기엔 너무 멀리 왔지."

체념처럼 나지막한 목소리였다.

*

그날 너는 무엇을 예감하고 그런 말을 했던 걸까. 처음부터 이렇게 될 것을 알았던 걸까. 알고 있었다면, 왜 피하지 않았던 걸까.

언제나 그렇듯 나는 너를 이해할 수 없었다.

다음날 1교시가 시작된 뒤에도, 마지막 수업이 끝날 때까지도 은하의 자리는 비어 있었다. 빈 책상을 초조하게 바라보고 있을 때, 교단 앞에 선 교사가 입을 열었다. 벌어진 입술에서 흘러나오는 말들이 형체 없이 교실 내부를 떠돌았다. 깊은 물 속에 들어간 것처럼 교사의 목소리가 먹먹하게 울렸다.

교통사고, 은하, 불행한, 끔찍한, 안타까운, 죽음.

물속을 부유하듯 교실을 떠돌아다니는 비현실적인

단어들이 내 안에 서서히 밀려 들어왔다. 한참이 지난 뒤에야 나는 교사가 하는 말을 간신히 알아들을 수 있었다.

은하에게 교통사고가 일어났다. 은하가 죽었다. 이제 너는 내 곁에 없다. 교사는 그렇게 말하고 있었다.

마침내 모든 것이 끝났다고.

그 말을 듣고서도, 어렴풋이 이해해버리고 말았으면서도, 나는 네가 교실 문을 열고 들어오기를 기다렸다. 이렇게 하염없이 기다리기만 하면, 네가 평소처럼 초연한 얼굴로 돌아오기라도 할 것처럼. 간절히 바라는 일은 결코 이루어지지 않는다는 것을 알면서도.

*

모든 것이 단숨에, 이토록 허무하게 끝났다는 것을 인정할 수 없었다. 나는 마음속 어딘가 마비된 듯, 아무런 생각도 할 수 없는 상태로 며칠을 보냈다. 반짝이는 플라스틱 조각처럼 끝내 썩지 않고 나를 갈가리 찢어놓는 너와의 순간들을, 추억이 될 수 없는 장면들을 제외하면, 내 안은 텅 비어 있었다.

며칠 동안 빈 책상을 바라보며 네가 오기를 기다리던 중 나는 문득 깨달았다. 네가 지금 오지 않는다면, 앞으로도 오지 않으리라는 것을.

그리고 너는 오지 않았다.

가장 달콤하다고 생각했던 꿈은 결정적인 순간에 악몽으로 변모했다. 처음부터 꿈을 꾸지 않았다면, 아무렇지 않게 잠들 수 있었을지도 몰랐다. 너를 만나지 않았다면, 네 이름을 부르고 비밀을 나누고 옥상으로 향하는 계단을 오르지 않았다면, 수영장의 희미한 푸른빛에 함께 젖어든 적이 없었다면. 차라리 아무것도 가지지 못했다면, 지금처럼 고통스럽지는 않았을 것이다.

그럼에도 너를 처음부터 없던 일로 만들 수는 없었다. 잊을 수도, 놓아줄 수도 없었다. 도저히 그럴 수가 없었다. 너와의 만남은 나를 고통 속에 몰아넣은 재앙이었지만, 나의 세계에서 두 번 다시 일어나지 않을 기적이기도 했으니까.

죽음조차 빼앗아갈 수 없는, 기적.

*

 모든 것이 끔찍한 농담 같다고, 나는 창틀에 걸터앉은 수연에게 말했다.
 묵묵히 듣고만 있던 수연이 불쑥 말했다.
 "농담은 아니야. 그 애는 분명히 여기 있었어. 나도 봤으니까."
 은하의 죽음 이후, 나는 교실에서 수연과 마주쳤다. 그리 극적인 만남은 아니었다. 여느 때처럼 물속을 걷듯 멍하니 교실 문을 열자, 창틀에 걸터앉은 채 나를 모호한 시선으로 응시하는 수연이 보였다.
 언제나 창고의 어둠 속에 웅크리고 있던 수연이 눈부신 햇빛을 받으며 교실 창틀에 앉아 있는 생경한 장면을 보면서도, 나는 놀라지 않았다. 영원히 이어질 것만 같았던 수연의 기다림이 어떻게 되었는지 묻지도 않았다.
 네가 나를 떠난 뒤로, 모든 일이 복잡한 미로 속에서 출구로 향하는 단순한 선처럼 허무하게 느껴지고는 했으니까. 영원은 존재하지 않으며 기다림도 언젠가는 끝을 맞이한다는 사실을, 이제는 어렴풋이 알 것 같았다.

다만 수연의 곁에 앉으면서 긴장이 되는 것은 어쩔 수 없었다. 수연이 너의 부재에 대해 던질 질문이 온몸이 떨릴 만큼 두려워서였다. 그러나 수업이 모두 끝날 때까지 수연은 네 행방에 대해 묻지 않았다. 며칠이 지나도 마찬가지였다. 그 침묵의 의미를 알고 있었기에, 동시에 그 침묵이 계속 이어지리라는 것을 예감했기에 나는 안심했다. 너에 대한 물음도, 그 물음이 상기시킬 감정도 모두 피하고 싶었으니까.

시간이 지나면서 수연은 이른 오전의 엷은 빛처럼 내 곁에 자연스럽게 스며들었다. 마치 어떤 관계는 하나의 인연이 사라진 뒤에야 나타나기도 한다는 것을 보여주듯, 수연은 그렇게 별안간 내 곁에 찾아와 머물렀다. 그러나 수연은 네가 아니었다. 수연은 그저, 수연일 뿐이었다. 수연이 아니라 다른 누구라도 마찬가지였다. 다른 사람은 그저 네가 아닌 누군가일 뿐이었다. 언젠가 수연이 기다리던 사람이 우리가 아니었듯, 내가 기다리는 사람은 그 누구도 아닌 너였다.

수연과 나는 같은 정류장에 선 채 너를 기다리는 찰

나의 인연일 뿐이었다. 왜인지 지금의 수연은 너를 기다리고 있는 것 같았으니까. 수연과 나는 적당한 거리 속에서 언젠가 아쉬움 없이 서로를 배웅할 수 있는 사이였다.

어쩌면 너도 나와 그런 식으로 함께하길 원했을지도 모른다. 이별마저 산뜻할 수 있는, 미지근한 관계이길 바랐을지도. 오래 붙어 있어도 화상을 입지 않고, 갑작스럽게 떨어져도 차갑지 않을 만큼 안전하고 적당한. 그런 생각을 할 때면, 마음이 비어버린 것만 같았다. 그 구멍을 어떤 식으로든 메워줄 네가 곁에 없어서, 더. 이제는 비어버릴 것이 없는데도, 나는 계속해서 비어버리고 말았다.

"네가 본 게 무슨 소용이야. 너, 귀신이잖아."

내가 피식 웃으며 말했다. 내 웃음이 너와 닮았다고 생각하면서, 무심코 다시 너를 떠올리면서, 나는 스스로 상처받고 말았다.

"귀신 아니야. 네가 멋대로 착각한 거지."

"뭐?"

멍해진 나를 향해 수연이 태연하게 말을 이었다.

"하기야 귀신이랑 다를 바 없을지도 모르지. 너 말고 다른 사람들은 나를 신경도 안 쓰니까. 봐, 내가 여기 앉아 있어도 아무도 이상하게 보지 않잖아?"

따지자면 당연히 이상한 일이었다. 반 아이들은 물론이고 교사까지도 학기 중반에 갑자기 교실에 들어온 수연의 존재를 의아하게 여기기는커녕, 아예 보지도 못한 척 굴었으니까. 당연히 수연이 귀신이기 때문에 그렇다고만 생각했는데…….

"네가 귀신이 아니라면, 왜 그런 건데?"

"글쎄, 반대라고는 생각 안 해봤어? 내가 아니라, 저 사람들이 귀신이라고."

수연이 의미 모를 미소를 지으며 대꾸했다.

나는 미간을 찌푸린 채 수연을 바라보았다. 너와 수연이 창고에서 나누던 의미 모를 대화가 떠올랐다. 그때도 나는 지금과 같은 소외감을 느꼈다. 마치 이 세계에 존재하는 공공연한 비밀을 나만 모르고 있는 듯한 느낌.

"더는 묻지 마. 뭐든 너한테 말하기 전에 이은하에게 허락을 받아야 할 것 같으니까. 하긴, 언제 돌아올지도 모르겠지만."

"은하가 언젠가 돌아올 거라고 생각해?"

살아서 올 수 없다면, 귀신으로라도.

내가 창밖의 서늘한 푸른빛을 바라보며 물었다. 네가 종종 물끄러미 응시하던 하늘이었다. 마치 온 세상에 이 투명한 빛만이 남은 것처럼 집요하게 바라보던 하늘.

네 눈동자가 하늘의 푸른빛을 반사하며 희미하게 빛나던 순간이 떠올랐다. 그 순간 네 눈동자에서 일어나는 일은, 달빛 아래 잠시 드러났다 사라지는 물결의 무늬처럼 아름다웠고, 그래서 어딘지 안타까웠다.

"글쎄. 모르지. 돌아오든 오지 않든, 그건 순전히 그 애의 선택이니까. 난 그저 기다릴 뿐이야. 지금 할 수 있는 일은 그것 뿐이기도 하고."

수연의 말이 맞았다. 수연과 내가 할 수 있는 일은, 그저 기다리는 것뿐이었다. 네가 귀신이 되어 돌아오든, 먼 곳으로 영원히 떠나버리든, 그것은 너에게 달린 문제였으니까.

그렇지만 불안이 치밀어오르는 것은 어쩔 수 없었

다. 이미 죽은 사람은 돌아올 수 없을 것이라는, 지극히 당연한 두려움보다도 더 깊고 어두운 불안이었다. 내가 너를 기다리는 한 너는 결코 돌아오지 않을 것이라는, 절망적인 불안.

긴 꿈에서 깨어났을 때 마주했던 너의 읽어낼 수 없는 얼굴과 이별을 준비하는 것만 같던 말투가 떠올랐다.

그날 너는 이미 자신의 죽음을 예감했을지도 모른다. 그럼에도 절망하고 울부짖지 않았던 건, 어쩌면.

*

옥상 여자가 말했다.

"찾은 거겠지. 그 애, 여기서 찾는 게 있다고 했잖아."

"당신은 그게 뭔지 알고 있어요?"

내가 절박하게 물었다. 옥상 여자가 천천히 고개를 저었다.

"나도 몰라. 중요한 건 그게 아니기도 하고."

"중요한 게…… 뭔데요?"

"그 애가 이 삶에서의 목적을 이루었다는 거."

나는 잠시 할 말을 잃고 옥상 여자를 바라보았다. 한참이 지난 뒤에야 나는 간신히 입을 열었다.

"그럼 은하는 귀신이 되지 않는다는 말이에요? 잃어버린 걸 찾았으니까? 더는 이 세계에서 구하는 것이 없으니까?"

"그렇겠지."

옥상 여자가 무덤덤하게 대답했다.

나는 밀려오는 아픔을 참아내기 위해 눈을 감으며 속삭였다.

"그 애가 나한테 도와달라고 했어요. 내가 도와주면 자기가 잃어버린 걸 찾을 수 있을 것 같다고."

천천히 감았다 뜬 눈앞에는 여전히 네가 없었다.

"내가 부탁을 들어주지 않았다면, 그 애와 함께하지 않았다면, 그 애가 지금처럼 아무 미련도 없이 사라지는 일도 없었을까요?"

나는 두 손으로 거칠게 얼굴을 쓸어내렸다.

"그런데 도저히 모르겠어요. 그 애가, 우리가 뭘 찾은 건지. 정말 찾긴 한 건지. 우린 그저 악몽 속을 떠도는 것처럼 이 학교를 헤매고 다녔을 뿐이니까요."

"그 악몽 속에 그 애가 찾던 게 있었던 거겠지."

"그럼 언젠가 나도 여기서 잃어버린 걸 찾을 수 있을까요?"

그 애를요. 내가 작은 목소리로 속삭였다. 가슴을 할퀴고 지나가는, 이제는 낯설지 않은 통증을 느끼면서.

"소리야."

다정하게 이름을 부르는 목소리에, 그 목소리가 상기시키는 기억에 나는 몸을 굳혔다.

"사라진 건 두 번 다시 돌아오지 않아. 기억도, 악몽도, 심지어는 죽음도. 끝나버린 건, 그저 놓아버리면 되는 거야."

"왜 그런 말을 해요?"

내 날카로운 물음에 여자가 희미하게 미소 지었다.

"내가 그 애라면, 너한테 이런 말을 하고 싶었을 것 같아서."

어떤 대답을 해야 할지 알 수 없었다.

여자는 내가 침묵할 것을 알았다는 듯, 내게서 시선을 떼어내 언제나처럼 깨끗하고 적막한 하늘을 향해 고개를 돌렸다.

 나는 한동안 여자를 바라보다가 여자를 따라 하늘을 향해 시선을 옮겼다. 여자의 말이, 어딘지 젖어 있는 듯한 목소리가 물 위의 파문처럼 귓바퀴를 둥글게 맴돌았다.

 나는 무구한 하늘에 시선을 고정한 채 기도했다. 네가 오던 날 보았던 검은 균열을 다시 볼 수 있기를. 무수히 쏟아져 내리던 검은 비처럼 갑작스럽게 나를 적시고 무너뜨린, 너라는 기적이 되돌아오기를.

 기적의 순간은 언제나 찰나라는 사실을 알면서도.

*

 네가 없는 일상은 단조로웠다. 수연은 내가 졸업하는 순간까지 곁에 있었지만, 그뿐이었다. 수연은 너를 대신할 수 없었다. 나도 수연도 그것을 원하지 않았다.

 체육관 창고에서 벗어난 수연은 자유로워 보였다. 처음에는 나와 함께 있지 않을 때, '그 아이들'이 있는 교실을 찾아가 지켜보았다고 했다. 한동안 가만히 그

아이들을 바라보다가, 문득 그 애들에게 하고 싶은 말이 아무것도 없다는 것을 깨달았다고. 이제 더는 그 애들을 찾아가지 않는다고 말하며 쓸쓸하게 웃었다.

그 대신 이제는 다른 일들을 한다고 말했다. 무작정 공연장을 찾아가 가장 좋은 좌석에 앉아 공연을 보기도 하고, 근처 대학에 가서 몰래 수업을 듣기도 한다고. 무엇보다 근처에 있는 미술대학 이야기를 할 때면 수연의 두 눈이 부드럽게 풀어졌다. 수연은 차가운 공기가 맴도는 강의실 책상에 마음대로 걸터앉은 채, 이름조차 모를 누군가의 단단한 손에 들린 붓이 캔버스 위를 가로지르며 유화 물감을 부드럽게 펴 바르는 모습을 지켜본다고 했다.

상기된 얼굴로 이해하기 어려운 말도 덧붙였다.

"굉장하지 않아? 여기, 믿을 수 없을 만큼 풍부하고 정교해. 학교 밖까지 이렇게 섬세하게 구획되어 있을 줄은 몰랐다니까."

학교 밖에서의 일들에 대해 말할 때, 수연이 항상 들떠 있는 것만은 아니었다. 언젠가 수연은 쓸쓸한 얼굴로 이런 말을 했다. 때로 사람이 없는 수족관의 유리

벽에 얼굴을 붙인 채, 아무것도 하지 않고 한참 서 있다고. 은빛 물고기들이, 그 선명하게 활짝 열린 시선이 다가올 때, 죽음을 닮은 섬뜩함과 오랫동안 숨을 참을 때의 몽롱함을 동시에 느낀다고.

"이상한 일이지. 난 물을 무서워한다고 생각했는데, 수족관 안에 갇혀 있는 물을 들여다보고 물을 가두고 있는 유리에 얼굴을 가져다 대면, 어느 때보다 삶에 가까워진 것 같아."

나는 이해한다고 대답했다. 사람은 자신이 가장 두려워하는 것에 매혹될 때가 있는 것 같다고. 트럭이 은하를 짓밟고 지나가는 모습을 생각하면서, 나도 은하와 함께 죽어간다고. 몸속의 작은 폭탄들이 터져 뼈와 피부가 찢기고 산산이 조각나는 고통 속에서, 몇 번이고 통점이 뭉그러져 더는 고통을 느낄 수 없을 때까지 그 광경을 반복해서 떠올린다고, 나는 담담하게 말했다.

그 끔찍한 고통이 지나가고 나면, 부드럽고 미지근한 물 같은 것이 가슴 안쪽에서 차오르는 느낌이 든다고. 마치 고통의 투명한 피가 구멍을 메우고 내 일부가 되어, 나를 살리려 하는 느낌마저 든다고.

"지금 나를 살리는 건 이 고통인지도 몰라."

내가 나지막이 중얼거렸다.

수연은 나를 한동안 물끄러미 바라보다가 말했다. 언젠가 같이 수족관에 가자고.

그러나 그런 일은 끝내 없으리라는 걸, 수연과 나 모두 알고 있었다.

*

나는 가끔 은하의 책상 앞에 앉았다. 책상 위, 시들어 썩어가기 시작한 꽃을 갈아줄 생각은 반의 누구도 하지 않았다. 마치 처음 바쳤던 무구한 하얀 꽃이 은하에게 줄 수 있는 전부였던 것처럼.

나도 마찬가지였다. 꽃을 갈아줄 생각은 하지 않았다. 너에게 다른 죽음을 바치고 싶지 않았으니까. 설령 그것이 보잘것없는 식물의 죽음이라고 하더라도 너는 좋아하지 않을 것 같았다.

우스운 일이다. 너 없이도 시간이 지나간다는 게. 텅

비어버린 채로도 멀쩡한 몸을 가진 다른 것들처럼 흘러가고 있다는 게.

너도 이런 느낌이었을까? 중요한 것을 잃어버린 채로 살아가는 시간이 이처럼 비틀리고 어긋난 것처럼 느껴졌을까? 이렇게 덧없고 아팠을까? 너에게 묻고 싶었다. 너를 슬프게 하던 것을 되찾은 지금은, 그 슬픔이 조금 견딜 만한지.

너 없이 시간이 흘러가는 동안, 반에서 나는 그저 투명한 물처럼 존재했다. 네가 사라진 뒤, 반 아이들 몇 명이 내게 멋쩍게 인사를 하기도 했다. 뒤따르는 질문들은 순진하고 잔인했다. 그 애들은 이렇게 물었다. 그날 너를 만난 적이 있냐고, 정말 교통사고가 맞는 것 같냐고, 갑자기 그런 일이 일어난 게 수상하지 않냐고. 네 죽음이 단순한 흥밋거리에 불과하다는 듯한 태도였다.

지민이 나를 불러내 괜찮냐고, 그러게 조심하라고 경고하지 않았냐고 책망한 적도 있었다. 마치 내가 자신의 경고를 무시했기 때문에 모든 비극이 일어났다는 듯이.

그런 말들은 모두 견디기 어려웠지만 결국은 견뎌지

는 것들이었다. 내가 대답하지 않자 그 애들은 나를 불편해했지만, 나중에는 그런 꺼림칙한 감정도, 내 존재도, 네 죽음까지도 완전히 잊어버린 것처럼 굴었다.

그런 말들보다도 나를 힘들게 한 것은, 하잘것없는 풍경이었다. 한때 무시하고 지루해하던 풍경이, 네 곁에서는 선명하고 아름다웠던 순간들이, 복수라도 하듯 나를 엉망으로 무너뜨렸다.

집과 학교를 기계적으로 오가는 생활 속에서 문득 피부에 와닿는 공기의 서늘한 감촉, 교과서 귀퉁이의 낙서, 칠판에 방정식 그래프를 그리는 수학 교사의 고집스러운 뒷모습, 하늘의 창백한 푸른색과 간혹 다정하게 내려앉는 불그스름한 석양, 갑자기 무자비하게 쏟아지는 비.

그런 것들이 너의 서늘한 체온과 간혹 다정해지던 목소리를, 흰 얼굴이 검은 비에 젖어가는 모습을 상기시킬 때면, 나는 눈을 감고 모든 풍경이 나와 함께 무너져 버리기만을 바랐다.

*

 네 사고 현장에 가 본 적이 있다. 횡단보도에는 네 섬세한 윤곽을 조금도 닮지 않은 하얀 선이 투박하게 그려져 있었다. 그뿐이었다. 삼각대를 피해 나아가는 차들과 햇빛에 일그러진 검은 아스팔트 바닥, 그 어디에도 너는 없었다.

 애초에 왜 이곳까지 찾아온 건지, 여기서 네 귀신이라도 찾을 수 있다면 무슨 말을 하고 싶었던 것인지, 나도 정확히 알 수 없었다. 왜 나를 두고 멋대로 떠나버렸냐고, 내가 너로 인해 얼마나 고통스러운지 아냐고 비난이라도 하고 싶었던 것일까?

 그랬을지도 모른다. 네가 사고를 당했다는 것을 알면서도, 이상하게도 네가 의도적으로 나를 버린 것 같은 느낌이 떠나지 않았으니까.

 횡단보도 앞에 모였다가 흩어지기를 반복하는 인파와 질주하는 차들이 만들어내는 아득한 소음 속에서, 나는 한참 서 있었다. 너를 짓밟고 지나간 트럭은 어디에도 보이지 않았다. 너의 죽음을 증명하는 것은 평범한 아스팔트 도로 위에 놓인 삼각대와 흰색의 어설픈 윤곽선밖에는 없었다.

그 때문인지도 몰랐다. 너의 죽음이 더욱 비현실적으로 느껴진 것은.

*

나는 수영장 물 위에 누운 채 하얀 천장을 바라보았다. 지나치게 밝은 형광등 때문에 시야 곳곳에 멍이 들 듯 보라색 반점이 생겼지만 개의치 않았다. 그저 물속에 반쯤 잠긴 채 비밀스러운 세계가 나를 붙잡고 끌어내리기를 기다릴 뿐이었다.

그러나 내게 허락된 것은 물 위에 어지러이 흔들리는 형광등 불빛뿐이었다. 찬란한 햇빛을 어설프게 모방한 인공의 빛과 발끝이 간신히 닿을 법한 깊이, 그것이 전부였다.

나는 작은 목소리로 속삭였다. 널 절대 포기하지 않을 거라고. 어디인지 알 수 없는 끝까지 너를 찾아 헤맬 거라고.

답은 없었다. 그래도 계속해서 속삭였다. 점차 커지는 목소리가 수영장의 적막을 부드럽게 갈랐다.

"네가 나를 잊는다고 해도, 나는 기억할 거야. 이 사랑이 흐려지는 순간 슬퍼할 거고, 슬픔이 사라지는 순간 너를 미워할 거야. 미움마저 흩어지는 순간, 다시 너를 사랑할 거야. 그 모든 순간 너를 기억하고 있을 거야. 그러니까……"

제발 돌아와. 내가 떨리는 목소리로 속삭였다. 누군가 내 곁에서 속삭임을 숨죽여 듣고 있기라도 한 것처럼. 그렇게 믿는 것처럼.

*

아득한 불빛에 현기증이 치밀어 천천히 눈을 감았다 떴다. 교실에 앉아 있는 네 모습이 보였다. 나는 어렴풋한 기억 속의 옆얼굴을 바라보며 물었다.

"너도 힘들 때가 있어?"

"왜 그런 걸 물어?"

"그냥, 넌 항상 완벽해 보이니까. 기복도 위기도 없

는 사람처럼."

너는 아무런 감정도 묻어나지 않는 목소리로 대답했다.

"그 반대야. 매 순간 힘들어. 모든 것을 포기하고 싶을 만큼. 너무 오랫동안 힘들어서, 힘들지 않은 건 어떤 느낌인지 잊어버렸을 정도로."

예상 밖의 대답에 나는 할 말을 잃었다. 너는 가지고 싶은 건 뭐든 가질 수 있는 사람처럼 보였으니까. 너는 어디서나 눈에 띌 정도로 예쁘고 어른스러웠다. 지금은 소원하게 지내는 반 아이들도 네가 먼저 손을 내밀기만 하면 언제든 함께 어울릴 것처럼 보였다.

무엇보다 너에게는 두려움이 없는 것 같았다. 미래의 불확실성에 대한 공포도, 헤어날 수 없는 결핍도, 소중한 것을 잃을지도 모른다는 불안도 없이 너는 언제고 허공 속에 스며들어 사라질 것만 같았다. 불안과 공포 같은 불순물이 섞여 있지 않기에, 네 존재는 더 위태로워 보였다. 너를 이루는 엷고 연약한 선이 당장이라도 물에 닿은 수채화 물감처럼 부드럽게 풀어져 녹아버릴 것만 같아서, 나는 두려웠다.

"이제는 내가 정말 살아 있는지 확신할 수도 없어.

그게 소름 끼치게 무섭다가도, 가끔은 살아 있지 않다고 해도 상관없다는 생각이 들어. 또 가끔은…… 살아 있는 것 자체가 그립고 슬픈 꿈처럼 느껴지기도 하고."

"네가 찾고 있는 걸 찾고 나면, 더는 힘들지 않은 날이 올까? 슬픈 꿈에서 깨어날 수 있을까?"

네 얼굴이 굳어졌다. 나는 복받쳐 오르는 울음을 삼키며 물었다.

"그걸 찾기만 하면, 우리에게도 고통 없이 부드럽고 다정한 세계가 찾아올까? 스스로 자처한 외로움 속에서 헤매는 일을 그만둘 수 있을까? 평범하게 사랑받을 수 있을까?"

말을 쏟아내면서, 나는 마음속에서 무엇인가가 터져 나오는 것을 느꼈다. 깊은 곳에 머물고 있던 오래된 언어가 몸을 차지하고 소리치는 듯한 감각이었다.

네가 희미하게 미소 지었다.

"그런 날은 오지 않을 거야. 너에게도, 나에게도."

*

 내가 알지 못하는 어떤 장소, 어떤 시간에 너는 우리의 도시를, 나를, 방과 후의 세계를 단 한 번이라도 떠올렸을까?
 한때는 그런 생각도 했다. 먼 미래에 네가 이곳에서의 삶을 기억하면 가장 먼저 떠오르는 것이 나였으면 좋겠다고. 가장 먼저 떠오르는 것도, 끝까지 생각나는 것도 언제나 나뿐이기를 바랐다.
 이 세계의 우리에게는 존재하지 않았던 미래가, 우주를 유영하는 시간의 무수한 빛살 어딘가에는 존재할까? 그 불가능한 미래에서 슬프고 찬란한 과거를 함께 살펴보는 시선 같은 것도, 어딘가에는.
 잃어버린 존재들이 모이는 아름다운 섬이 우주 어딘가에 불가능을 닮은 형태로 존재한다면, 나는 그 불가능을 위해 모든 것을 바칠 준비가 되어 있었다.
 존재한다면, 설령 귀신의 모습으로라도 존재하기만 한다면.
 그러나 너는 해갈되지 않은 욕망을 따라 대지 위를

망연하게 헤매기만 하는 귀신이 아니었다. 옥상의 여자는 네가 이미 잃어버린 것을 되찾았다고 했다.

충족된 갈망이 어디로 사라지는지, 결핍은 도저히 이해할 수 없었다. 아마 영원히 이해할 수 없을 것이었다.

*

중학교를 졸업하고 나자 수연도, 옥상의 여자도 더는 볼 일이 없었다. 어쩌면 길을 지나치다 우연히 마주쳤지만 알아차리지 못했을지도 몰랐다. 내 이름을 부르고 말을 거는 귀신의 목소리가 누구에게도 닿지 않고 스러져버렸을지도. 귀신을 볼 수 있던 그 기적 같은 시간이 완전히 지나가 버린 것일지도.

이후의 시간은 순식간에 흘러가 버렸다. 본격적으로 게임이 시작하기 전, 등장인물의 배경과 내력을 알려주는 불친절한 튜토리얼처럼. 네가 없는 계절들은 그만큼 비현실적이었고 무의미했다.

고등학교에 가서도 나는 아이들과 잘 어울리지 못했다. 너와 관계를 맺었던 방식은, 조심스럽게 서로에 대해 알아가며 관계를 다지는 데 익숙한 다른 아이들에게는 적용되지 않았다. 무엇보다 나에게는 성실하고 꾸준한 걸음들을 쌓아가며 타인에게 다가갈 만한 여력이 남아 있지 않았다. 3년 동안의 무의미한 하루들을 쌓아간 뒤, 나는 집 근처에 자리한 대학에 진학했다.

대학에서는 상황이 조금 달랐다. 이제까지의 외로움을 보상이라도 받는 것처럼 나는 많은 사람을 만날 수 있었다. 그러나 오래 이어지지는 못했다. 언제나 상대방 쪽에서 먼저 관계를 끝내기를 원했다. 만남을 시작하기를 원하는 것도, 끝내기를 원하는 것도 항상 상대방이었다. 나는 그저 바람에 휩쓸려가는 비닐봉지처럼 이리저리 떠돌 뿐이었다.

수많은 만남과 이별이 반복되는 동안, 나는 단 한 번도 울지 않았다. 마치 감정을 분출하는 통로가 완전히 막혀버린 것처럼, 어느 순간부터 나는 그다지 울지도 웃지도 않게 되었다. 어딘가 초연해 보이는 분위기에 이끌렸다고 고백하며 다가온 사람들은, 시간이 지나도 달라지지 않은 내 모습을 죽어 있는 것 같다고 비난하며 떠나가고는 했다.

결국 그 모든 시간 나는 철저하게 혼자였다. 주변에 누군가 있을 때도, 심지어 누군가와 사랑을 나누고 있을 때조차도. 혼자라는 것은 오래된 진실이었고 이제는 견딜 만한 일이었다. 아니, 그래야만 했다.

그러나 때때로 두 눈이, 가슴이, 온몸이 터져버릴 때까지 울어버리고 싶었다. 밤의 천장을 올려다볼 때마다 찾아오는 순간들을, 적막 속에서 부드럽게 빛나는 너를 만날 때마다 나는…….

비좁은 단칸방의 습하고 먹먹한 침묵 속에서 나는 추억했다.

네가 처음으로 나를 마주보던 순간을.

체육관 창고에 찾아갈 때마다 비치던 네 연약함을, 수영장의 어슴푸레한 조명과 네 얼굴 위에서 일렁이던 빛의 무늬를, 흰 새들과 검은 비가 쏟아지던 하굣길의 비현실적인 풍경을.

돌아오겠다고, 너는 한 번도 말하지 않았다. 그러나 너는 매 순간 돌아왔다.

가끔은 그런 생각이 들었다. 내 안에 남아 있는 너는 단순한 추억이 아니라 다른 세계에서 찾아온 조각이라는 생각. 그 세계에서 우리는 손을 잡은 채 푸른빛을 띤 미래를 향해 천천히 나아가고 있다는, 아니, 가라앉고 있다는 그런 생각.

분명 처음에는 너의 꿈을 꿀 수 없었다. 내가 떠올려 볼 수 있는 추억은 갈수록 희미해져 가는 빛바랜 조각들이 전부였다. 그러나 언젠가부터 밤마다 문득 찾아드는 장면들은 이미 손을 놓아버린 사람들의 추억이라고는 믿을 수 없을 정도로 아름다웠다.

그러니 적어도 그 순간들 속 우리는 손을 잡고 있을 것이었다. 결코 손을 놓지 않은 채, 아름다운 은빛의 선을 그리며 한없이 함께 나아가고 있을 것이었다. 설령 가라앉고 있다고 하더라도, 함께. 어쩌면 네가 꿈에서 보였던 온빛의 선은 다른 미래의 우리가 그려낸 궤적일지도 몰랐다. 그런 생각을 하면 숨 막히던 아픔도 조금 가라앉는 느낌이었다. 그러나 너와 함께하는 미래가 지금, 이곳이 아니라는 생각을 하면 불현듯 다시 아픔이 치밀어오르고는 했다.

*

　밤의 적막 속에서, 나는 천천히 눈을 감고 너를 기다렸다. 이번에는 끝내 하지 못했던 말을 건넬 수 있기를 바라면서. 일렁이는 푸른 물결을, 그 찬란한 순간을 맞아들였다.
　다시, 다시. 그리고……

*

　나는 희미한 푸른빛을 띤 물 위에 누운 채, 형체 없는 안타까움 속에서 천천히 눈을 감았다 뜨기를 반복했다. 학교 수영장의 물과 눈물이 얼굴 위에서 뒤섞이며 흘러내렸다. 언젠가 너의 눈꺼풀 사이로 틈입하고 흘러내렸던 검은 비처럼. 꿈과 추억, 미래의 순간들이 부드럽게 섞여든 채, 빛을 머금고 일렁이고 있었다.
　내 앞에 서 있는 네가 엷은 미소를 지었다. 나는 물속에서 천천히 너를 향해 다가갔다. 나를 부드럽게 밀어내는 물의 무게를 견디면서.

너를 물끄러미 바라보며 입술을 벌렸다. 무슨 일이 있어도, 너에게 이 말을 해야만 했다.

어쩌면 다른 세계의 나로부터 찾아왔을지도 모르는 물기 어린 언어를, 마음을, 그 작은 기적을 나는 조심스럽게 내뱉었다.

"이 순간을 나는 영원히 아파할 거야."

나는 잠시 숨을 고른 뒤, 고개를 들어 너를 마주 보았다.

너의 눈동자에 무한히 되비치는 빛의 찬란한 반영을, 이미 우리를 깊이 할퀴고 간 추억들과 아직 도래하지 않은 무수한 미래의 순간들을 향해, 나는 계속해서 말했다.

"이 세계에서 깨어나도 너와 함께한 시간은 절망적인 상처로 남을 거야. 영원히 사라지지 않고, 흉터로 아물지조차 않는 끔찍한 상처로. 나는 너와의 시간을 몇 번이고 되새기면서 무수히 살아낼 거야. 망각은 악몽보다 깊고 끔찍해서 나는 매 순간 너를 아파하겠지."

네가 부드럽게 미소 짓는 모습을 한참 바라보다가 나는 천천히 눈을 감았다. 너의 미소가 어딘지 슬퍼 보인다고 생각하면서.

나는 스스로에게 다짐하듯 나지막한 목소리로 말을 이었다.

"그래도 이 악몽을 포기하지 않을 거야. 다시 너를 잃게 된다 해도, 이 악몽의 끝에 네가 있을 테니까."

다시 눈을 떴을 때, 네가 나를 데려갈 세계가 어떤 악몽일지는 알 수 없었다. 가상 공간에서 오래도록 깨어나지 않은 몸이 어떻게 될지도, 버그에 불과한 공간이 얼마나 더 버틸 수 있을지도.

그러나 한 가지만은 확신할 수 있었다. 어떤 아픔이나 후회가 찾아온다고 해도, 심지어는 세계가 무너져 내린다고 해도 나는 손을 놓지도, 도망치지도 않을 것이다. 우리에게 찾아올 모든 순간, 변하지 않고 나에게 향할 시선을 마주하기 위해. 그 시선이 나를 해치고자 존재한다고 해도, 상관없었다.

이 세계는 나 혼자만의 악몽이 아니니까.

깊은 적막 속에서 나를 바라보고 있을 너라는 이름의 세계를, 그 고통스럽고 황홀한 미래를 향해 나는 희미하게 웃으며 속삭였다.

나를 보는 너를 다시 만나기 위해, 나는 기꺼이 우리의 악몽을 꿀 거라고.

작가의 말

 오직 나에게만 들리던 이 세계가 당신에게 가 닿는다면, 그것은 기적일 것입니다.
 이번만큼은 기적을 믿어보려 합니다.

 이 이야기의 시작점엔 초록이 있습니다. 초록은 어린 시절부터 내게 들려오던 목소리였습니다. 아무에게도 들리지 않고 오직 나의 마음속에서만 살던 초록은, 때로는 외로움이었고 때로는 다정함이었으며, 때로는 구원이었습니다.
 시간이 지나며 초록은 자연스럽게 소설이라는 세계로 성장했습니다. 글을 쓰는 동안 초록은 나를 갈기갈기 찢는 비명이 되었다가 부드러운 흐느낌이 되기도, 벅찬 숨으로 흘러들어 나를 살리기도 했습니다.

그 모든 시간, 초록은 나와 함께였습니다.

당신에게 조심스레 건네는 이 세계는 나의 초록입니다. 나는 언제나 나의 초록이 당신의 초록과 만나는 상상을 해왔습니다. 나의 초록이 당신에게 천천히 손을 내밉니다. 당신이 그 손을 발견하기를 기다리면서, 초록은 이 세계 어딘가에 우뚝 서 있습니다. 그는 언제나 당신에게 닿기만을, 나를 떠나 당신의 초록이 되기만을 바라왔을지도 모릅니다.

당신이 마침내 이곳에 닿았다면, 꼭 이 말을 전하고 싶었습니다.

우리가 아주 오래 당신을 기다려왔다는 걸요.

이우연 장편소설
나를 보는 너에게
ⓒ이우연

1판 1쇄 발행	2025년 7월 10일
지은이	이우연
펴낸이	김세영
디자인	김세영
펴낸곳	비선형프레스
출판등록	2025년 6월 10일 제 2025-0000475호
전자우편	nonlinearpress@gmail.com
홈페이지	www.nlinpress.com
인스타그램	https://www.instagram.com/nonlinearpress
ISBN	979-11-993155-0-1

*이 책의 내용을 재사용하려면 저작권자와 비선형프레스의 동의를 받아야 합니다.
*이 책은 세종특별자치시와 세종시문화관광재단의 후원으로 발간되었습니다.